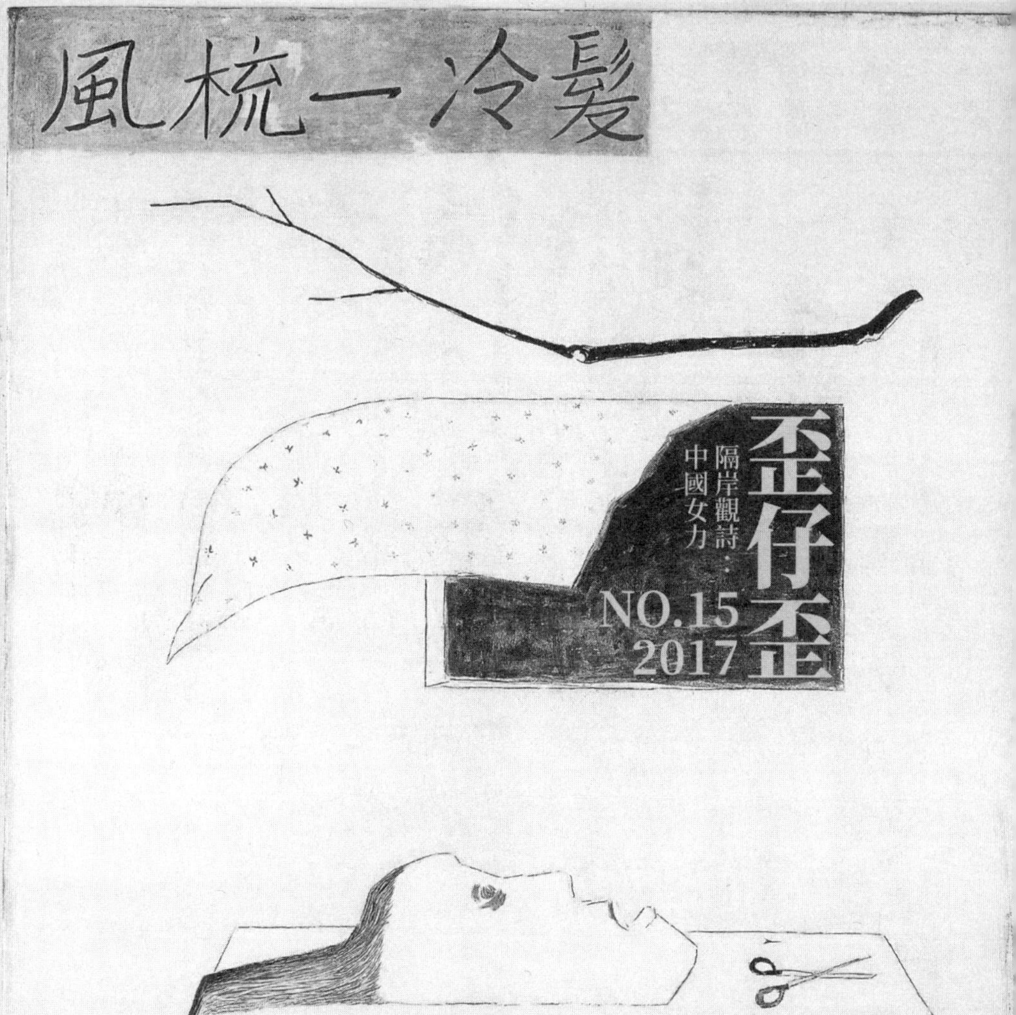
風梳一冷髮
歪仔歪
隔岸觀詩：
中國女力
NO.15
2017

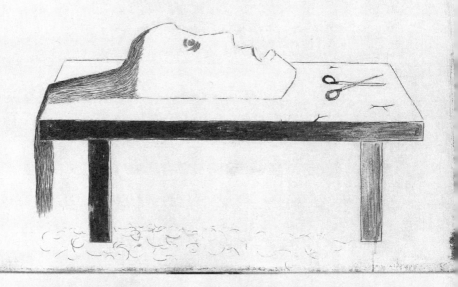

輯五：社員作品

黃智溶

零雨

輯六・邀請詩作

封面故事：風梳一冷髮

◎黃智溶

一具女性的頭顱，一顆明亮的眼珠，宛如謬思女神大理雕像般的光潔明亮。
她正在讓沐後的長髮，感受著，窗外的微風。
地上灑落一段段，細碎的髮屑。

如果 髮絲是從她寬闊的腦海中醞釀出來的海藻
那麼 細碎的髮屑
必是 經過波浪的裁剪和微風梳理後

遺落的詩句

風梳一冷髮

編輯室報告：詩，讓我為你服務

◎一靈

歪仔歪，這是距我家步行數分鐘的噶瑪蘭族地號，詩社以之為名。詩社是我藝文發燒且交換公民意見的生活圈；詩刊，可說是詩友對詩的承諾與見證，超時空裡穿越的諸多文心之公器。正如社長黃智溶詩刊序，「當我們用手掌摩挲這本，看似輕輕的詩刊時，應該感覺到它背後，歲月沉積的重量——那是命運，也是使命。」詩刊如方寸之地，然心志若高，觀天下何嘗不可？

面對夜空，愈是看它，星光愈見浮出，總望能點點注視又能整體包收，那些我辨識得出來的，我都願欣賞，也冀望分享給人。詩歌星空裡，同樣使用漢語的詩人們，似乎總該較快的為吾輩辨識出來，然則事實未必，相較於漢譯外詩，中國現代詩歌的感覺似乎更為遙遠。隔岸觀詩，那些主流與地方、意象與口語、知識份子或民間書寫等分別，或許距離遙遠，有機會因「此身不在山中」而能多識得些面目，多看些山水曲折，遠近高低。此岸的「歪仔歪」有這樣的企圖，希望將小小一隅之見，轉化成更大的關注，野人獻「好」，這「好」無非是成見與癖性。無癖不深情，說穿是偏愛。

寫詩也好，讀詩也好，多少巴望個「好」；一朝得個「好」，心上按讚，也想推而廣之。此前歪仔歪有馬華新勢力專題，這期眼光又要漂洋過海到中國；然則中國廣大，總要有個主題俾便入眼，或許專注或許近視，焦距一拉，「好」成「女子」。且從女詩人始。

編輯室報告

詩，讓我為你服務

「……從早先唐山書店出版的兩系列詩叢，到近期重慶大學出版社的新陸詩叢、中國好詩第一季等等，購買數量幾乎與台灣詩集等量齊觀。然而不可否認的現實是，中國畢竟地大物博，我總感覺我所擁有的詩集也不過是滄海一粟，即使當中水準有高有低參差不齊，即使此期主編一靈告知只聚焦中國女詩人的介紹，我仍覺自己閱讀所知相當有限……。╱╱我尚且如此坐井觀天，他人若具備強烈台灣意識那更不用說了。」以上，詩友張繼琳無意間為這次主題做了火力展示，從來是歡喜加入文學隊伍的我，也向他立正敬禮，元氣十足地說：報告！雖然有些晚了，但終究是來了，我帶來幾位弟兄……

是的，由臺灣透過網路至「靈石島」進行跳島閱讀，兼以中國當代詩典第一、二輯編者楊小濱指路：《中國新詩百年大典》《中國新詩總系》《當代先鋒詩三十年》開展的目錄成地圖；詩社同仁，兄弟登山，各自爬梳，陸續跋涉《讀詩》《藍詩歌》《譯詩》《漢詩》《詩歌風賞》《星星》等書叢，參考諸多詩選、詩會（如三月三詩會等）與可及文本的名單，其中名字各自閃亮各有指向，有些風景殊異有些索然平常，然則路無白走橋無白過；多年來《創世紀》多年前《壹詩歌》與近來《兩岸詩》的耕耘甚至《秘密讀者》的中國關注，領受了！師友間質性研究式的滾雪球考察，陳黎、楊小濱、黃粱、楊宗翰、肖水與然靈等，他們意見寶貴，賞詩觀點與偶而提及的道上八卦，形成綿密的火力支援，句句都上心版。

即便有文友不以為然，年來邊讀邊買邊騎健身車追齊了伊沙編的《新世紀詩典》，轉眼第五季也抵臺發售；《當代工人詩典》《金葵花焚燒的土地：新鄉土詩選》等類型詩選也能帶來靈感；吾等更向詩評家與詩學者請教，有時能別出蹊徑，例如隨霍俊明的著作追索舒婷以外的前輩，像是白洋淀詩歌群的女詩人。

同志，我必須坦白自己的本能與凡俗。少年時，拿到女詩人集子，我總先翻找照片，再讀詩，有點像聽古典樂，聽音樂不是對譜是對封面。曹尼名喚易霖的朋友有倆，年齡相仿，其一平凡大叔，另一系花女神。平凡大叔易霖上網，「孤狗」「雅虎」開道，翻閱「臉書」浪遊訪友，得易霖數十，有男有女，其中正妹數枚。訝異於「女的易霖」竟也確也成為某種類別；轉念想，詩人，難道也有「女的」這類別嗎？類別之謂也，之於無分別之心，是病、是執亦是慢；進一步想，中國現代詩也是種類別。入境中國，我有一絲絲猶豫：該走本國人民，還是外國旅客？這回為了蒐集素材，豆瓣既上，微博也看，但要註冊新浪網時，遇到中國臺灣區這種歸類，心上猶豫亦有。我不知我這猶豫是否也是大家的猶豫？

詩終究是詩。無論如何入手，從何入眼。羅列名單同時，同仁各自呼喊，讀詩者紛紛前來，有人選擇名單裡相應的詩人下筆，有人意有另屬，也打開新視界。成稿的名單有女詩人十四，出生年由一九五〇年代到九〇後，寫者兩岸三地，有人擇所長，有人選所愛。特別要指出香港文友陳子謙

編輯室報告

詩，讓我為你服務

所寫劉霞，劉曉波逝後，截稿之際，本刊著意邀約，詩之外，保留座位給靈魂自由。因遺珠必有，是以難說有憾，惟用筆一二，更見同仁用意於有無之中：如在中國打工的柯蘿緹本望能寫或訪鄭小瓊，雖因生活擠壓未能實現，卻正體現鄭詩打工詩境；蘇淺輕盈別緻，然同仁有所取捨，在此留記；本答允寫作馬雁的中國朋友因故未成，我日後將奮筆一篇；本心儀於燕窩的靈怪才氣，覓得撰者，惜因故無法成文；余秀華，雖不能稱得上是遺珠，惟應允之作者筆力識見一流，無法成稿，還是可惜。此外虹影、陸憶敏、安琪、唐丹鴻、春樹、旋覆等名字仍待認領；海男、巫昂、娜夜、路也、林雪、魯西西等名字也曾考慮。無妨，來日方長。

「歪打正著」，這回趙衛民老師記錄淡江詩派種種，神思動人亦具史料性質；「譯詩選」喜獲尉任之海外來鴻，引介的兩位詩人風格強烈，增添拉丁羅曼風；「在地發聲」，訪得詩友黃有卿，穿梭木柵與頭城，詩中自有世界，卻不易想像他如此年輕；「邀請詩作」諸君，或因交友不慎或因羽翼輝煌或因編輯三顧，各由其生命行伍出列，幾首詩作寫於生命轉彎處，請讀者細品，特要提及曹馭博與然靈喜獲大獎，他們在這期歪仔歪已先做排練；既然多方詩友露了幾手助我發光拳，歪仔歪同仁一樣勤習生活道：琴棋書畫詩酒花柴米油鹽醬醋茶，恭喜明杰千金用希的到來，這期做了見證；子建人生甜蜜開展，同感快意；緯婷散文新作《行路女子》正新鮮，這期詩作顯見她帶香回鄉。

這年秋天，婆羅洲森林出生的李永平海葬於淡水外海；於平凡生活裡展開想像力事業的鄭清文寫完此生章節。前者讓我覺得臺灣可愛大方，希望這土地開放且壯志，有島嶼的美好也有海洋的思考；後者是我心儀的前輩，我在華德福學校的臺灣文學課必定多讀的愛，且讓我幻想自己接到他們寄來的稿件……；正如這期諸多寫者，幾次讓我讀稿震動，掩卷回味，心想：「我咧，怎麼寫得這麼好，我根本為他服務就好了嘛。」天空有赫赫的黃金，賣田出版的《歪仔歪》也是心意赫赫，那是為了詩，為了真誠的詩寫者。報告，戰鬥姿態：讓我為你服務。

一靈

2017.11.07

輯一：隔岸觀詩：
中國女力

簡介白夜主人翟永明

◎米敬萱

詩人翟永明，1955年生於四川成都，屬羊之人。翟音ㄓㄞˊ，據詩人云，人每易誤讀為另一字瞿ㄑㄩˊ，亦無如之何也。以體制之學歷而言，詩人為工科生出身，畢業於成都電訊工程學院（今電子科技大學）。由學者之觀點而言，中國現代詩界自「後朦朧詩時代始（一九八零年代中期），一時秀異非詩人莫屬。由男性之觀點而言，詩人為風格與才貌特出之美女作家。由眾多熱心讀者之共鳴而言，詩人藉女身為窗口，於生活中各階段切身直覺到的種種，化於筆下，雋語異象實多，動人心魄。

詩人之早熟慧異不待言，自云因個人心志與親人、同儕所關注者不同調，成長過程遂每每遭人判為消極。何以忘憂，唯賴閱讀而已。詩人兒少求學，時方文革（1966—1976），書籍禁燬、物資匱乏，乃與一群少年朋黨竊閱、私通禁書。在詩人鮮活的筆下，描寫其事過程，極饒荒誕異趣而富戰鬥性——對那一群小亞當小夏娃們而言，是一場渴慕心靈生活的起義，也是對苦悶現實之回應與叛離。世界文學與中國古典文學詩詞、小說，詩人在此時期大量涉獵，成為其生命重要的養分。

時當1983年，詩人業已自工學科系畢業，且配職於公部門——兵器工業部209所（今西南技術物理研究所），初寫成大型組詩《女人》，分四輯，綴詩二十。次年而有自刷油印本，其後且在詩會與相關刊物上陸續發表，很快對當日中國寫詩、讀詩的社群帶來影響和震撼。而日後這組詩儼成前驅，啓迪了許多採用類似書寫角度的創作者。其詩中，時若有決絕的陳訴，時若有神祕的宣告，取薪於其內心體驗與生命故事的深林密藪，種種傾頹與壓抑感之所自，耐人尋味，以心印心，證悟隨人。

穿黑裙的女人夤夜而來
她祕密的一瞥使我精疲力竭
我突然想起這個季節魚都會死去
而每條路正在穿越飛鳥的痕跡
——《女人．第一輯．預感》

那裏有深紫色台階
那裏植物是紅色的太陽鳥
那裏石頭長出人臉
我常常從那裏走過
以各種緊張的姿態
我一向在黃昏時軟弱

而那裏荒屋閉緊眼睛
我站在此地觀望
看著白晝痛苦的光從它身上流走
——《女人．第一輯．荒屋》

怎樣的喧囂堆積成我的身體
無法安慰，感到有某種物體將形成
夢中的牆壁發黑
使你看見三角形泛濫的影子
全身每個毛孔都張開
不可捉摸的意義
星星在夜空毫無人性地閃耀
而你的眼睛裝滿
來自遠古的悲哀和快意
——《女人．第一輯．渴望》

一世界的深奧面孔被風殘留，一頭白隧石
讓時間燃燒成曖昧的幻影

太陽用獨裁者的目光保持它憤怒的廣度
並尋找我的頭頂和脚底
雖然那已是很久以前的事。我在夢中目空一切
輕輕地走來，受孕於天空
在那裏烏雲孵化落日，我的眼眶盛滿一個大海
從縱深的喉嚨裏長出白珊瑚
——《女人・第二輯・世界》

沒有人知道我是怎樣不著邊際地愛你，這祕密
來自你的一部分，我的眼睛像兩個傷口痛苦地望著你
——《女人・第二輯・母親》

像一個巨大的，被毀壞的器官
和那些活著被遺棄的沉默的臉
星星們漠然・像遙遠的白眼瞳
一株仙人掌向天空公佈
不能生殖的理由
——《女人・第二輯・噩夢》

《女人》組詩寫成，詩人於文藝之志趣益為確定。1986年，詩人即由原部門停薪留職寫作，直到1998年詩人在四川成都主持一文藝酒吧（名曰「白夜」），其間十餘年，除曾旅居美國紐約數年外，亦頗多異鄉之遊歷與工作之涉獵，此時期之於詩人亦放空亦愈開闊。其詩風格原始於直覺神祕之靈視自剖，至此又漸轉入現實日常之風刺與呈現。1993年〈咖啡館之歌〉平淡從容的語調，與其早成的風格相較，詩人自言又是一個新的出發。

燭光搖曳
金屬殼喇叭在舞廳兩邊
聒噪　好像樂池鼓出來的
兩塊顴骨

雪白的純黑的晚禮服……
鄰座的美女攝人心魄
如雨秋波
**　灑向他情愛交織的注視**

沒人注意到一張臨時餐桌
三男兩女
幽靈般鎮定
討論著自己的區域性問題

我在追憶
北極圈裡的中國餐館
有人插話：「我的妻子在念
國際金融」
—〈咖啡館之歌・晚上〉

詩人多旅歷，於東西文化、藝術、建築、音樂多方探索。文人從商，以吧主的社會身份體驗生活，以詩會友，眼界益廣。另一方面，在文藝社群中，一作者因身為女性，其寫作之定位，與必然面對到的諸價值、觀念戰線，及其背後的民俗包袱，詩人也有出今入古的觀察與解惑。

於現代女性藝術諸型態、與前輩奇女子、才媛掌門人（魚玄機、柳如是等等），詩人亦多有詩文評論與之對話，別開生面。

在做完做不完的家務事之後
我給後朝的書生寫信

我要你記住無考女詩人的寫……
就像要你記住我的死
我要你認識它
就像你認識永恆—
我寫　我單獨一人
正像你閱讀時
也單獨一人
這是寫和讀的力量

做完做不完的家務事之後
我給後朝的書生寫信

桑蠶吐絲　就可以紡織成絲
有絲　就有帛

小小的毛筆和水墨　隨秋風掃過
就有了小小的方塊字　我使用它
知道　幾百年後你們還是用它
我控制它，製作你大腦的欣快感
如同一團藍光　引起你注意
它　一團迷幻霧氣
使你無限向前　靠近
從永恆的透視點裡
你開始認識我，認識我的朝代
它的水土　它的氣候
它的淡而清的山水
它的冷而靜的詩書
它的戰爭和烽火臺
它亡於氣候　亡於土壤
亡於人民起義
——〈前朝來信——無考女詩人邱硯雪信札〉

詩人既啓蒙於古，好古不輟，奠定日後取資寫作的基礎；然而詩人不昧現實，於今日社會交往之異變，詩歌與其在當今時代之任務，其洞見警語每起人深思，誠所謂醞故而知新，非徒媚古者也。然而所謂古者，流奶與蜜，直到於今；是出產歷輩才子英雄、俠女佳人的迦南地，是代代相傳不磨的意志與夢。少年即不合時宜的詩人，先在彼岸建立起現實得不到的認同與關聯感。知此，則讀千禧年後詩人〈在古代〉（2004）、〈在春天想念傳統〉（2007）諸作中之溫情惆悵，長詩〈隨黃公望游富春山〉（2010~2013）之遊戲古今，吾人自不至於愕然不識。

在古代　我只能這樣
給你寫信　並不知道
我們下一次
會在哪裏見面

現在　我往你的郵箱
灌滿了群星　它們都是五筆字形
它們站起來　為你奔跑
它們停泊在天上的某處
我並不關心

在古代　青山嚴格地存在
當綠水醉倒在他的腳下
我們只不過抱一抱拳　彼此
就知道後會有期

現在　你在天上飛來飛去
群星滿天跑　碰到你就像碰到疼處
它們像無數的補丁　去堵截
一個藍色屏幕　它們並不歇斯底里

在古代　人們要寫多少首詩？
才能變成嶗山道士　穿過墻
穿過空氣　再穿過一杯竹葉青
抓住你　更多的時候
他們頭破血流　倒地不起

現在　你正撥一個手機號碼

它發送上萬種味道
它灌入了某個人的體香
當某個部位顫抖　全世界都顫抖

在古代　我們並不這樣
我們只是並肩策馬　走幾十里地
當耳環叮噹作響　你微微一笑
低頭間　我們又走了幾十里地

——〈在古代〉

米敬萱　男，一九七七年生於臺中，好飲酒歌詩

逆光的匕首
——王小妮詩歌論

◎林佩珊

王小妮作為中國當代詩歌史中的代表人物，其大抵會被歸入兩大隊伍當中：一是朦朧詩群；二是女性詩歌。然而這樣的標誌也可能侷限了對王小妮詩歌的想像，事實上王小妮雖趕上了新詩潮，但她的寫作保有其高度個人化的特點，另一方面，若要從其詩作內容來探討女性詩歌的特質，或者捕捉女性意識與題材，其實可以發現這並非王小妮詩歌所要彰顯的部分，這恰好給予關於女性詩歌意義的逆反思考。

王小妮的詩歌體現了一種「瞬間的美學」，其不在含蓄地表達意在言外，而是突顯出一份「意外性」，裡面包含著突如其來，但不完全揭露的神祕屬性。王小妮曾以「月光」作為組詩題，寫了一系列詩作。在〈意外〉如此描述：「**月亮意外地把它的光放下來／溫和的海島亮出金屬的外殼／土地顯露了藏寶處／／凶相藉機躲得更深了／伸手就接到光／軟軟的怎麼看都不像匕首**」，月光作為觸探的媒介，卻隱藏了更多東西。又如〈海島亮了一下〉：「**海島就這樣一眨眼間亮了。／走夜**

路的人看見了貝類棲生的石礁／倒插無數短匕首的海岸。／水的邊緣隨著魚的方向／推出銀的曲線。／我們都看清了海島，順便也看清了自己。／／很快，海岸和陸地再次重合／這島嶼又被一鬆手丟進黑暗／天厭倦了，我們消失了。」月光帶來的閃爍，在短暫間照見了自己，王小妮的詩歌著重瞬息的領悟，而非永恆的明滅。

月光的書寫容易使人聯想到陰性體質，甚而與女性特質連結，不過這些顯然不是王小妮書寫所要續寫或迎合一般想像的部分。王小妮筆下的月光走的不是柔美的路線，反而有股可怖的氛圍，月光在其詩中具有非常主體性的位置，然而這份主體性卻是由悼亡彰顯出來的，有種熱烈過後的平靜。例如〈鹽〉：「**那枚唯一升到高處的錢幣就要墜落了／逃亡者遍地舞著白旗。**」、〈它臨時出來了一下〉裡的：「**後來的夜晚又如一塊中國銅鏡／天空異樣的空著／死了的鏡面上，誰的臉都沒有。**」、〈絞刑〉中的：「**月亮還隱約吊在高處／超級平靜，已經死過，已經涼了。**」等等詩句，老實說，王小妮以錢幣、銅鏡等來比喻月亮並不怎麼新鮮，但詩人的造境氣氛才是其詩作耐人尋味之處，即使陰森，卻是掠過痛楚般的冷冽。再者，王小妮詩作中的語氣雖輕巧，但又同時嵌著暴力，具有獨特的力量與動態感，比如〈鳳梨熟了〉這首詩：「**刺蝟們列隊享受月光浴／甜蜜的墓園／一片灰白。／／我心驚膽戰／戰敗者竟然都活著／我聞到了鳳梨毛刺的氣味。／滿心害怕，橫穿過這骷髏密布的土地／它們鼓著，個個都熟透了／個個都等著爆出來。**」這樣的寫法著實令人驚豔，以上下方的空間來回交鋒，又以水果生之氣味抵抗死亡的腐爛，具有一種欲爆破的快感。

饒富意味的是，月光的確在王小妮的書寫裡佔了重要的位置，但她亦曾寫過〈太陽真好〉的長詩，詩題雖直白明瞭，但在閱讀這首詩，特別使人注意到的不是她對太陽的歌頌，而是詩中反覆的「自我辯證」。其詩裡所表露的懷疑眼光，恰是使自我辯證的書寫能具有層次的原因，詩裡是這麼描述的：**「另有一個我，一直卡在陰影裏。／像沒發現過錯一樣／就在今天以前，我都沒發現這世界上還存留著好／我不相信金子的成色始終沒變。／我總在懷疑正確／而正確必然不知不覺。／／[…]年輕的那些時段／我從來沒注意過樹／當然也不注意太陽，那架高懸的照明工具／我是一個忙人，無數次橫穿針葉茂密的寒冷地帶。」** 正面的光與熱不是王小妮詩作的溫度特質，那帶了一層陰影，旁觀世界之眼，別有一種清醒的滋味，甚而在不同時期，都能對自身反覆的挖掘，而不輕易下定論。

總的來說，王小妮筆下的「光」具有一定的破壞性，她在〈影子與破壞力〉如此寫道：**「五月的夜光穿透我／五月的冷色描出更瘦長的陰影。／天通苑石磚上／篩子般的夜行人們／正急促地踩踏另一個自己／步步挺進，一步步毀滅。」** 光不僅是照見的功能，過於穿透與看清，更能帶有自毀力。若更為寬廣來看，王小妮的光還展示了「生活的銳利」，以〈他們說我藏有刀〉來說：**「如果還有青春年少／我自然鑄一對好劍／每天清晨蘸上暗紅的棕油／在利器最頂端留住我的咄咄青光。／／時光不再讓金屬近身。／鋒刃只解決雞毛蒜皮的事情。」** 在鋒刃上所折射出來的光，是生活的光，我們都曾擁有利劍，即使被生活以及歲月折損，劍鋒仍保有其金屬質地。閱讀王小妮的詩作，往往讀到更多的「堅硬」，而非柔性，在〈最軟的季節〉裡詩人是這麼寫的：「**我的水／既不結冰也溫暖。／誰也不能打動我／哪怕是五月。／我今天的堅硬／超過了任何帶殼的種子。**」其詩中的內在力道是不言而喻的。

在討論王小妮或中國當代詩歌，「日常書寫」成為一不可忽視的現象，這類書寫不僅是描繪生活而已，還夾雜著文化位置的角力，然而在王小妮詩歌中的日常書寫，不是為了呼應女性詩歌與日常生活的固化標籤所生，也不在滔滔敘說生活的瑣事，而是帶有「隨意的日常聖性」。比如〈端起牛奶的孩子〉：「**那男孩端不動大瓶牛奶／正像一小塊土地不能舉起海。／但是他要試試。／／用力捧著那白的液體／想把它放平在古老的木桌上／把一個聖物放在另一個聖物上。**」專注於生命的一件小事，是令人感動的，王小妮詩作的日常特質即表現了日常神聖的一面，這也是面對生活的一份態度。而在詩人的作品中，還常出現「土豆」這個詞彙，這樣的尋常物，王小妮寫起來卻賦予此物榮耀的感受，像是〈我和土豆〉：「**這是世上的好東西／生長在土地內部的糧食。／／走在古老繁瑣的穹頂下面／曾經做彌撒的地方。／沒有人注意土豆的榮耀／它讓上億的人類沒被餓死。／在中國它叫洋芋／還叫山藥蛋。**」土豆被置於聖光的位置處，日常書寫由於每個人所看待角度不同，如何把自己珍視之物挑出書寫，而又不僅流於日常，對於每位詩人都是個考驗。而在王小妮的〈看到土豆〉一詩中，她甚至如此說道：「**沒有什麼打擊／能超過一筐土豆的打擊**。」

於讚美土豆以外，我更喜歡王小妮給予事物翻轉的攻擊力道。

作為一個台灣的讀者，在閱讀中國當代詩歌，自然有其「隔」的一面，「隔」是好事，更能感受到同樣語彙的不同撞擊。王小妮在秀威出版的《致另一個世界》，這命名極好，在這本詩集不僅受到語言的隔，最多的還是看到王小妮寫出與世界、他人的隔閡，以及自己與自身的隔閡。〈致力量〉中：「**我正遠離你們的世界／我願意為這斷然的走掉用盡力氣**。」、〈你找的那人不在〉：「**他根本不在。／其他的都在，只是你要的不在。／／我們不在同一個世界／四月是隔絕的屏風／所以，你只有原路退回／你找的人他絕不會在**。」在詩人筆下的隔閡，具有一種決絕的效果，在群體與我之間的隔閡，正是對世界的意義的思索，我們與他人的距離，也同樣是我們與世界的距離，即使親近自身，也與自我保有最後的距離，這並非是負面的，至少人還能感受、還能衡量。就如詩人〈致感覺〉一詩：「**你覺得你還在這世界上?／你覺得你在一個實體之中也像個實體?／你覺得害怕但還不至於被嚇死?／因為你不知道正沒被什麼握著**。」即使感覺有時是虛無的，但裡頭總還有真實的痛感、恐懼，無法實質觸碰的感覺，同樣是珍貴的，這或將也是對詩的感覺。

林佩珊　國立清華大學中文系博士候選人

靈魂在針腳上哭泣

——讀《劉霞詩選》

◎陳子謙

維基百科有五個劉霞，每個條目都在姓名後標示身分，包括「柔道運動員」、「舉重運動員」、「羽球運動員」、「劉輝山之女」和「劉曉波遺孀」，沒有一項叫做「詩人」。對，大家多半都知道這位「劉曉波遺孀」就是詩人劉霞了，我卻仍不禁要為她叫屈：劉霞永遠只能是劉曉波的註腳嗎？她曾在〈陌生人〉中為卡蜜兒．克洛岱爾慨嘆：「**有人說你是那個人的註腳／這是怎樣一個註腳呀／它太沉太長太累人了／我不知道該怎樣讀它**」。這也是劉霞自己的處境嗎？連傾向出版社出版的《劉霞詩選》也不忘在書腰強調，她是「在獄牢的諾貝爾和平獎得主劉曉波的妻子」。

無可否認，這個身分的確深刻影響了劉霞的生活和創作，但她有自己的位置和聲音，而她的詩歌創作也遠遠早於她和劉曉波在1989年的相遇。《劉霞詩選》收錄的最早期詩作，是1982年的〈海的故事〉，我認為它已頗見潛力了。全詩分成三節，寫出不同人在海邊勾起的遺憾，我曾在〈靈魂是紙做的——劉霞詩作的女性自覺與抒情政治〉分析過第一節的女性意識，這裡不妨談談第二節。詩中提到「**男孩子又牽著爺爺／走向海了**」，期間途經爺爺昔日夥伴的墳。這些夥伴怎麼死掉呢？詩人沒有明白地交代，只是曖昧地說「**出海去了／再也沒有能回來**」，大概是意外吧，唯獨爺爺沒死。

爺孫同行，卻表現各異：

男孩子在長滿青草的墳頭上
一蹦一跳地走著
草像海浪一樣撲打著腿
每天男孩子和爺爺都會這樣去海邊
老人坐在海灘上
久久地看著熟悉又陌生的海
天完全黑下來的時候
他們把海留在那裡喧鬧
像兩隻舢舨滑過海面
安靜地回家去

對於孩子來說，走向海邊大概是快樂的事，所以動作是輕鬆的「一蹦一跳」，也難怪詩人劈頭便說，是他牽著爺爺，而不是爺爺牽著他。墳頭上「青草」的生機勃勃既與亡靈對峙，又引渡了海浪的聯想，把讀者帶往爺爺此行的目的地，還有他深沉的記憶。爺爺在海邊沒有什麼動作，只是「久久地看著熟悉又陌生的海」，表面上如此平靜，反而令人懷疑他心潮翻湧。其中「熟悉又陌生」相當精彩地攫住了海給人的感受：明明是千變萬化，卻又好像永恆不變。至於爺爺感到「熟悉又陌生」，大概也是今昔對照下的矛盾：他曾跟同伴一起浮沉過的大海，跟現在看到的還一樣嗎？夜了，爺孫終於離去，「把海留在那裡喧鬧」，海越喧鬧便越見老人的孤寂。結尾以「舢舨滑過海面」來比喻「安靜地回家去」，驟看平淡，但實際上爺爺已經不能再出海了，不能回到那個還有無數夥伴的年輕歲月了。看來靜好的比喻，未必不是反諷。

劉霞用三節寫出了不同性別、年齡者的「海的故事」，不管它們有多少是虛擬的想像，顯然都是有意跳出自己的經驗，進入別人的痛苦。比較之下，劉霞後來更倚重切身的女性經驗來寫詩，但這首詩仍然是相當可貴的起點。今日談到劉霞的詩作，不少人只強調其疼痛而倔强的生命，卻少談她在詩藝上的自覺探索，這大概是善意的，但這對一個詩人——而不只是囚徒的另一半——來說，未必是公允的。事實上，我們在早期詩作中已能看到劉霞的試驗，例如〈海的故事〉的群像書寫，還有 1986 年的〈啞孩子約瑟夫他站在那裡〉：

那隻黑鳥一樣巨大的鋼琴的陰影裡
陽光照不到醫院教堂的蠟燭照不到
我的手摸不著

他就站在那裡一年又一年
那本琴譜一頁一頁掀過去

那本琴譜一頁一頁掀過去
他就站在那裡一年又一年
我的手摸不著
醫院教堂的蠟燭照不到陽光照不到
那隻黑鳥一樣巨大的鋼琴的陰影裡
啞孩子約瑟夫他站在那裡

這是迴文詩，除了技術上的挑戰，更重要的仍然是藝術效果。迴文的形式對這詩有意義嗎？有。頭三行塑造了陰暗而隔絕的世界，接著是時間似動非動的鏡頭：「**他就站在那裡一年又一年／那本琴譜一頁一頁掀過去**」。重覆的「一年」和「一頁」既像推進，又像循環，停住。下一段就像倒播的鏡頭那樣，慢慢回溯到全詩的第一行，甚至是詩題「啞孩子約瑟夫他站在那裡」。這啞孩子要在陰影裡站多久呢？在這循環的世界裡，他似乎得悲劇地一直站下去，站下去。

而劉霞沒有像啞孩子一樣停下來，她終於要跟劉曉波相遇了。上文曾指出劉霞的詩作不是劉曉波的註腳，但我們也不能完全無視劉曉波在她的詩中的位置。最顯而易見的，是不少詩作都標明寫給劉曉波，包括〈風〉、〈獨自守夜〉、〈陰影〉、〈靈魂是紙做的〉、〈無法擺脫〉和〈無題〉。最早的一首，是〈一九八九年六月二日〉，它是在無數關於89民運詩作中的異類，因為它是情詩，跟改革社會的宏願關係不大，只是從個人角度寫自己和劉曉波在運動中的關係：「**我沒有來得及和你說一句話／你成了新聞人物／和眾人一起仰視你／使我很疲倦／只好躲到人群外面／抽支菸／望著天**」。當天發生了什麼呢？劉曉波與另外三人發表了〈六‧二絕食宣言〉，開始絕食，也就成了眾人眼中的英雄人物。這時候與其說劉霞崇拜他，不如說她感到難以接近：「**也可能此時正有神話在誕生／然而陽光太耀眼／使我無法看到它**」。這詩在藝術上不算出眾，大概也不會入選任何一本民運或六四詩選，但民運中的這類私密聲音，或許正是最常被淹沒，也最值得重新挖掘的真實一面。另一方面，這也提醒了我們：大眾媒體上那個一直支撐著另一半的完美女性，畢竟也會有埋怨的時候。例如寫於成婚多年後的〈無題〉，借用策蘭〈死亡賦格〉的句式寫六四20周年，詩中再三提到「**你說話你說話你說實話／你白天說夜晚說只要醒著就說**」，結尾是連串對比：「**你愛你的妻子但更驕傲她與你共度的黑暗時間／你讓她隨心所欲更堅持讓她死後繼續給你寫詩／那些詩行沒有聲音沒有**」。你與我、愛與黑暗（即使是「共度黑暗」）、「**讓她隨心所欲**」與「**更堅持讓她死後繼續給你寫詩**」、不斷說話與無聲寫詩，都是對比，讀來甚至有一點反諷。劉霞不是劉曉波的註腳，倘若在愛裡冒出一兩句怨言，誰能說她不對呢？這樣的聲音，才更令人感受到圍牆下的困苦。

六四記憶，以及劉曉波多次被囚，顯然深深地影響了劉霞的詩作，於是我們一再讀到死亡、禁閉、等待、瘋狂、孤獨……為免把劉霞的詩當作歷史的註腳，我不打算把這類詩作逐一套進作者的遭遇，寧願進入其中兩首詩的肌理，細看她的藝術處理。1997年1月，劉霞在劉曉波勞改期間寫了〈嘆息〉，想像「黑暗」從窗外窺視這樣的畫面：

一個抽著菸的女人
雙手做著奇怪的手勢
面對一個畫中人
在熱烈私語
畫中的男人始終很平靜
屋裡的女人流著淚水
充滿淚水的目光格外尖銳
讓黑暗有所畏懼

從第三身的角度旁觀自己的苦痛，是劉霞詩作的常用手法。這個「抽著菸」，只能對「畫中人」說話的女人，無疑是劉霞的化身。流淚通常顯得軟弱，但劉霞卻想到水光可以令目光變得銳利，反而增添了力量，甚至足以震懾黑暗。特別的是，詩中的「黑暗」似乎不象徵什麼壞事，它更像一個好奇——甚至略帶善意——的看客，**「固執地守候在窗口／它相信它會明白某種東西」**。結果呢，它什麼都沒有明白，還被女人的香菸燙壞了睡袍。「黑暗」彷彿一直在默默陪伴那女人，但彼此終究無法溝通，她的孤獨依舊，瘋狂依舊。

至於劉霞詩中的死亡陰影，最常見於六四悼詩之中，但我認為她對死亡最深刻的書寫，不是這些悼詩，而是〈柚子〉：

我把玩一個又大又圓的柚子
金黃的一團
散發苦澀的清香
用一把小刀
就能劃破它看似很厚的表皮
在無言的疼痛之中
我開始顫慄

不管是體積、形狀、色澤和香氣，柚子都展現了鮮活的生命力，「我」則站在更高的權力位置，可以「把玩」它，也可以隨意剖開它。「我」看似高高在上，卻又毫無預兆地代入了柚子的位置，進而疼痛起來，顛倒了物我的層級關係：

感覺不到疼痛的生活
如同無人採摘的果實
等待它的只有腐爛腐爛
我真想成爲這隻柚子
被刀切被手剝或被牙咬
寧可在疼痛中
安詳地死去
也不願看到自己正在腐爛的肉體
長滿了蠕動的蛆

「我真想成為這隻柚子」一句，意味著「我」已經從上一段結尾的幻痛中抽離出來，回到人的位置，但仍羡慕柚子的世界。比起麻木的生活，劉霞寧願像掌中柚子那樣遭受各式酷刑，於是「疼痛」倒成了好事，甚至弔詭地無礙「安詳地死去」。這種暴烈的想像，是死之欲，也是生命熾熱的態度，多少跟詩人長期身處的壓抑環境有關。從物我換位中反思人類生命，在新詩中不算罕見，饒有興味的是，〈柚子〉的最後一段似乎又換了位置：

整整一個冬天
我都會重複著同樣的事情
把一隻只柚子剝開
在死亡中汲取營養

時間安排在冬天，大概因為那是最接近死亡的季節吧。「我」仍舊留在人類的位置，但不再訴說對柚子的羨慕了，只用冷冷的語氣陳述自己剖開它，彷彿又猛地回到了第一段主宰生死的位置。最後一行卻惹人深思：「我」還是過著「感覺不到疼痛的生活」嗎？「從死亡中汲取營養」，能一併汲取痛感嗎？還是僅僅延長麻木的生活和對蛆蟲的等待？人和柚子，哪邊比較幸運？讀著讀著，我痛。

然後繼續活著。

陳子謙　香港人，著有詩集《豐饒的陰影》，期望下一本是詩評集

站在臨街的窗口

——讀丁麗英詩集

◎蘇晗

正如俗世生活和超現實幻象，是上海迷人的雙面，丁麗英八十年代成名，早年詩歌帶著旋惑的光暈，彩珠一般，有奇異的吸引力；新世紀以來則趨於自我限制，在空間內布置想象的家居。此種轉變，亦可視為「突圍」，即，寫詩是肉身的、煙火氣的，是隨物賦形，一定時刻，便不再依靠青春的顫栗發展迭起的節奏，而轉入人事的軌道，於嘆喟處鬆弛下來，語氣之時髦、老練，直抵「現代」的腹心。

終於練就一身草上飛，不粘地，
對於圍城，能夠既不進也不出。
——〈晚霞〉

此「突圍」，可以說承傳四十年代滬上錢（鐘書）、張（愛玲）二氏的文脈——恰巧，丁同樣是小說家。一旦矚目「現代」之肌理，便發現脆弱、敏感，遠不足以表達「當下性」倫理，於是衝突、反省，求表情達意，期望經驗與詩協商和解，最好利益均分。蕭開愚談到丁詩「詞不達意的觀感」，我想，一方面出於想像物的游移——這是她八十年代就拿手的本領，猶如「玉生煙」，朦朧有趣；另一方面，則由思慮的轉折造成，恰似「珠有淚」（典範如《晚霞》），沿著旁逸斜出的巷道逛進另一場心事。此二者，在丁詩中佔據著近乎玄妙的比例，靈活避開了自戀或淺俗，漸趨自然。

尋找呼吸一樣迅逝的內心，
水母似的塑料袋漂在河面上。
——〈夜晚慢跑〉

水中人隨水流而居，難免沾染絲絲腥氣，丁詩止於憂鬱，避談痛苦，因此安居樂業。在一份訪談中，丁麗英談及畢肖普師授的敘事手法。其實從她的四首物象詩——《小小的惡事》《蜻蜓》（1998），《貓頭鷹》（2006），以及《海鷗》（2011）——即可看到外來的影響如何轉化為漢語的老辣，簡要來說，丁詩不強求風景的玄學，但勘探景物與心事的地理，傳遞神情。九十年代興起的「敘事性」潮流曾幫助一代詩人打開詩歌的日常維度，以個人時間訴諸歷史，取消過往的語言神話。

兩相對比，丁麗英的寫作其實朝向另一個方面，她不懷舊，也不過多地往未來張望，而堅守「心事」之於當代經驗的個體意義，寧願將線性時間轉變為互相衝突的矢量。她的抒情並非敘述型的，而近於低聲的咕噥。丁詩以想像力投射本地經驗，隨物賦形，這也意味著讀者必須把握詩意的突轉、嘆息：

大段時光已被割掉新世紀的頭十年，
碎屑也掉進這靜止的流動，無法掌控。
鳥雀打著冷顫發表歷史學的見解，
此起彼落，無意義劃分了時空。

——〈晚霞〉

其實，任何時代都是如此黑暗，
難道他真的度過了美好的一生？

——〈不變的風景〉

這首詩落款稱「讀維特根斯坦全集有感」，這裡，與其說質疑維氏的遺言（「告訴他們，我度過了美好的一生。」），不如說借「不變的風景」投射自己的困惑：從迷失於瑣碎的嫦娥女士（「**收**

割青春收割愛，／不過是莫須有的幻覺。」），到「手感爽快」地觸摸已過去的事物，詩人與當下的「黑暗」和解。

此種對「心事」的偏愛或許導源於八十年代以來女性詩歌對「內在性」的自覺追求。正因如此，我認為將丁麗英放在女性詩歌的脈絡中並非附會。從八十年代的「校園女詩人」，到今天更多以小說家名世，即便詩人的身份更加隱晦（或者說，更加「內在」），丁麗英的寫作也從未中斷。我不由想起與她同代的優秀的女詩人們，寫或不寫，自有綿綿若存的血脈。

不難注意，八十年代的女性詩歌似乎存在一個共享的「室內」空間，它或者以私密物什自明於內部，或者透過隱秘的通道探觸室外：

怎樣的普遍身世，怎樣陳舊的光
從門縫照進來。
——〈**去尋找揚州的瑪格麗特**〉

在丁麗英這裡，空間的劃分逐漸轉變為一種更隱蔽、更包容的觀察角度——「臨街的窗口」作為內外空間相接觸的敏感面，能觀察、批評，亦能自我矯正：此角度依然是女性的，有洞見但不聲張，帶著婦人的神情。「街邊」的風景則充當思緒的地標，限制過於恣肆的自我抒發。這個意義上，丁麗英其實構築了一套城市地理學：詩人側身而站，並不沉迷景物，而時時瞥向旁側的陰影與曖昧，想個人的心事，景物反而只充當感性的形式。正如周瓚從翟永明詩歌中提取出的位置：「透過詩歌寫作的潛望鏡」，「心事」乃包容萬物的菩提宇宙，丁麗英將自我隱藏在俗世中，使抒情的聲音緩緩地從景色中流出來，是細瘦的，有人事的百轉千回。

我停滯在某一疼痛的瞬間，
觸覺的幻相即將熄滅。
不再焦慮，也不再期於平靜。
站在臨街的窗口，如同站在
寂寞的崗亭，監視著道路。
每當車輛駛過，身體便微微地顫動。

——〈停滯〉

我曾長久地為〈停滯〉感動。這種生澀的、一步一頓的推進彷彿某種如鯁在喉的自述，「疼痛的瞬間」恰似格致的對象，而完滿的自性即將在此「停滯」中呈現。平庸是丁詩的抒情背景與源發機制。寫詩意味著選擇，意味著在平庸中仍保持「良好生活」的激情，當詩人自信「不再焦慮，也不再期於平靜」，則進一步觸碰到生活的詩學倫理，儘管其承擔者依然是脆弱的個體——對於丁麗英在內的許多詩人，他們拒絕高蹈於世俗角色之上，而執著將現世的修行凝結為詩的修為。伍爾夫評論勃朗特姐妹：「她們都感到需要某種比語言或行動更強大的象徵，來揭示人性中沉睡的巨大激情。」此「微微地顫動」，或許正因限制而強大、而平靜。

蘇晗　一九九四年十一月生於湖北松滋，現求學北京，習詩，兼事批評

未完成的途中

——詩賞藍藍《一切的理由》

◎張靜

大陸知名女詩人藍藍的詩集《一切的理由》，詩集共分六輯，收錄早期到 2014 年的詩作，筆者閱讀前三輯時，第一直覺想到辛波絲卡，倒不是說藍藍模仿她，而是表現技巧近似（後來網上看到藍藍寫：辛波絲卡詩集讀過二到三遍，是特別善於在生活細節中發現深意、並以其特有的幽默感舉重若輕地表達洞見的詩人。）藍藍在筆者看來，同屬於偏重理性思維的女詩人，她二人皆善以素樸的語言描繪平凡的人事物，再深挖其間的形而上意義；然而，寫哲理詩常有失之於理性而詩質稀薄的危險，筆者之所以認為她們的詩有近似感，就在於她們怎麼去處理這種難題；她二人同樣喜歡以突接、拼貼、跳轉等手法深化詩質，長短句運用內化詩的韻律感，精準而簡潔的詩句常能抓住讀者某個點，並透出哲思。藍藍能夠轉化西方哲學和西方現代詩技巧，在中文的語言文化中去書寫自己的土地、人民，真的很難得。

〈幾粒沙子-3〉

有時候我忽然不懂我的饅頭
我的米和書架上的灰塵。
我跪下。我的自大彎曲。

〈幾粒沙子〉是短句組詩，共八段。幾粒沙子跑進蚌殼內，可能形成珍珠；幾粒沙子在眼裡，很礙眼；幾粒沙子可能是世界上某地發生的某件大事，相對於距離遙遠的我們；幾粒沙子可能是對精神潔癖的自己的某種省思，例如上列這一首。第三句很形象化，人體下跪從脊椎到腳是彎曲的，如同尊嚴受到折損，這一句合理化了第一二句，使筆者想到為五斗米折腰，饅頭、米、書架上的灰塵，有象徵性指涉。

〈母親〉

一個和無數個。
但在偶然的奇跡中變成我。

嬰兒吮吸著乳汁。
我的唇嘗過花椒樹金黃的蜂蜜
伏牛山流淌的清泉。
很久以前

我躺在麥垛的懷中
愛情——從永生的薺菜花到
一盞螢火蟲的燈。

而女兒開始蹣跚學步
試著彎腰撿起大地第一封
落葉的情書。

一個和無數個。
——請繼續彈奏——

首末兩段，世界從不可能到可能，始終只有一個成真，然後逐步形成現在的我；第四句到第六句是一組跳接的畫面，嬰兒吮吸著乳汁，讓藍藍想到年輕、愛情初始，同孩子一樣是「世上最純淨的心靈」（藍藍語）；表現手法則是隨意拼貼，使讀者從有限的意涵中去自動鍊結；第四段有一個對比的隱喻，葉落歸根相對於孩童邁出世界的第一步，孩子總有一天會長大。

藍藍詩集第四輯，主要描寫的是愛情，借景發揮，熱烈而感性，如〈寄生菌〉：「**廢棄的礦山，積水的深坑。／你胸口早已熄滅的爐火。／……／我解開衣扣，讓太陽晾曬／這潮濕發霉的柴堆／／它原為一雙手的烈焰準備，但現在／卻可笑的生出了木耳。**」乾柴烈火常被用來形容男女熱戀的情景，筆者以為俗，可是在藍藍的筆下，失戀變成了發霉的柴堆，還長出木耳，多麼讓人眼睛一亮的語言巧思。

《今天》文學雜誌有篇文專訪藍藍，她提到：「我讀到過很多傑出的詩歌，它們也許在技術上不完美，但是卻有泥沙俱下的力量，有嶄新的目光和還帶露水的嶄新的表達。技術主義（技巧）的盛行，說明寫作者想像力和對事物的感受力的不斷喪失，這是令人悲哀的。」藍藍《童話裡的世界》也說：「童話寫作的衰落，標誌著想像力的衰落。」或許可以點明藍藍的詩作，非常重視思考和想像力，詩集的第五、六輯有更多她想要表達的，對這片土地、對人性的深究和關懷。

最後談談組詩〈瘋人歌〉，共九首，可說是詩集中較特別的作品，彷彿成人童話，基本上已經拋開了對「詩質」的要求，而更看重隱喻的內涵，筆者在這裡頗有一個疑慮：寓言體可以等同現代詩嗎？也許筆者在臺灣的詩環境中，常被洗腦何者為詩？何者不是？反而限縮了詩視野，而且在藍藍簡潔的詩行間，不無看出詩寫的企圖。

〈一個傻子在社區裡打電話〉

每天上午這個時候，總能看見
一個傻子站在樹下打電話

一個穿郵政工作服的綠傻子
一個對著手機嘟嘟囔囔的男傻子

打著打著他哭了，聲音也高了
鼻涕被另一隻手抹到了衣領上，閃閃發亮

這是上午陽光最好的時候
這是幼稚園大喇叭開始播放兒歌的時候

每個人都遠遠躲開他，像躲開一句詛咒
——戴眼鏡的教授、買饅頭的老太太
收廢品的三輪車猛地拐彎
一對說笑著的情侶突然閉嘴——
彷彿那傻子是個天才，是個道德家
讓所有人都變得沉默、懼怕
讓所有人的快樂變得尷尬

但走遠後的教授，重新昂起了頭
挽著胳膊的情侶，又開始打情罵俏
那傻子就是陽光下一段漆黑的夜路
那傻子就是一張唱片被禁忌消了磁

哎，一個傻子在社區裡邊哭邊打著電話
一個寫詩的人死死盯著他，忘了出門要幹什麼

這個時候是偉大首都最忙碌的時候
這時候是一隻蜜蜂正拎著一小罐花粉回家

傻子跟幼稚園的孩童相比，前者的拙笨和後者的天真提出對人性的第一個考驗，這裡應該是刻意的安排；教授到撿回收的，顯然身受的教育還不足以改變個人的偏見，而熱戀的情侶，也沒有多餘的同情可以分給傻子，人物的選擇上也是精挑；傻子比擬天才和道德家，有句什麼一線之隔，「特殊分子」總是讓人尷尬；最後一句蜜蜂拎著一小罐花粉回家，大概只有童話的世界裡，才可能翻轉一切。

張靜　因好友一句「你寫的不是詩」，開始讀詩和詩論的水瓶女子，因爲星座，至今對詩仍有許多稀奇古怪的想法

以為是突然的光，多餘的石頭

——讀宇向

◎一靈

不見得要認同伊沙曾謂：「這是一個天生的詩人，是中國目前最好的女詩人。」這話裡「一個」是多餘，就如「最」或「女」。宇向聲音獨特，我想殆無疑義。詩風矜持，狀似口風甚緊，反覆錘鍊如陳家帶，我喜歡；順從直覺的傾斜之書，不論是信仰還是反詰，我也喜歡，像是宇向偏重聲腔與口氣的詩歌。

某陣靈光爆發或情思震顫為「敘事我」的感官所捕捉，「敘事我」再前去探求現場，就這樣形成一則事故／故事的詩歌，這是我讀宇向詩歌的第一印象：生活看似平常，卻都是某個遠方爆炸的返響，或許是痛的，或許是錯，尋聲探跡於隱藏於生活事象的細微轉折。一靈適志地回到現場，能撫跡詠嘆如巫者，抒的不是情，而接近思。她 2000 年少作〈理所當然〉：

當我年事已高　有些人
依然會　千里迢迢
趕來愛我而另一些人
會再次拋棄我

細味宇向的抒情其實裡頭都藏著些道理，〈理所當然〉可謂原型。把捉靈光閃爍的片刻，有時乘興動筆，興盡擱筆，或者有種神秘的「未完成」，正如宇向的詩句也這樣表露：「**時不時的，我寫半首詩／我從來不打算把它們寫完。／**」〈半首詩〉半首留給自己，或許半首留給上帝，這可以看成節制，但更好說是忠於靈光，順乎自然，也因此，不濫。她也可以相當的細，細到骨心脾，像是〈一陣風〉：

你拍打我的房門
像一個要與我偷情的男人
親愛的，現在你可以光明正大地成為我的男人
你可以光明正大地成為任何一種東西
你可以是一把鑰匙

進入我的鎖孔，打開我的房門

你可以打碎我的酒瓶，抽我的煙
像一條貪婪的狗趴在地板上
舔酒喝。親愛的，你就是一條貪婪的狗
你翻開這一本書
又翻開那一本書
到我的打字機前窺探我並不光明的寫作

你急於進入我的身體，親愛的，
你可以進入我的身體，從我的縫隙進入
我的毛孔，蜂窩一樣張開
你可以進入一個男人無法進入的地方

你使我感到我的身體原來這樣空
這樣需要填充。你可以充滿我
你連接導線，讓電流進來
此時我的叫聲一定不是慘叫

有些詩人的勞動就在製造爆炸，有的詩人則企圖把捉爆炸，於日常裡深心感受，或是敏感時翻找這感覺來處，翻開，看。是以宇向的語言自由奔放如射手，不花俏巧飾，不騰空挪移不凌波微步，卻因為雙魚的直覺，是以在坦直、純粹的路數裡，屢屢箭著人生的刺點或痛點。面對宇向，你無法用哪種所謂的技巧解讀她，無法理喻，但不是無跡可循，她有神秘的核心，詩之焦。彷彿為了直視這焦點，其他就不管了好像發現了視野裡的「她」：「**她站在人行道上，好像／在等我**／／」於是乎在同首詩裡的敘事者視野裡，「／／一**邊是。另一邊／是其餘的人**／／」〈人行道上站著一個老婦〉，同樣的在〈街頭〉她的遭遇：

……

順便剝開緊緊跟隨我們的往事
還有那些黑色的朗誦
簡單的愛
就是說，我們衣著簡單，用情簡單
簡單到　遇見人
就愛了。是的

順便去愛　一個人
或另一個人，順便
把他們的悲傷帶到街頭

或者因聚焦於「你」而會神於失去你的空虛，因這空虛而有的〈你走後，我家徒四壁〉；或是這樣的聲音：**「死者的妻子呀她點著頭／摸著照片上她的丈夫／要再次帶她到／鬧市。午夜。一場大雨中的葬禮／要到門的後邊／被遮住的地方／而照片上，其他的人／她不認識」**〈死者叢生〉；或者如〈聖潔的一面〉裡聚焦於蒼蠅，那看似舞動的黑暗之焦，大膽映照聖潔，意外而可愛。宇向不刻意造語也不務求朦朧，她的語言藝術看似「直白」，沒有生難字詞，不做刻意姿態，但因她的「看法」，使得眼前一切有特異的感性，我以為這是她厲害之處。好比其名作〈我幾乎看到滾滾塵埃〉：

一群牲口走在柏油馬路上
我想像它們掀起滾滾塵埃

如果它們奔跑、受驚

我就能想像出更多更大的塵埃

它們是乾淨的，它們走在城市的街道上
像一群城市裡的人

它們走它們奔跑它們受驚
像烈日照耀下的人群那樣滿頭大汗

一群牲口走在城市馬路上
它們一個一個走來
它們走過我身旁

秀威版《陽光照在需要它的地方》跋〈在〉裡，宇向寫了段「在石頭下面」陳顯其詩學，思考一顆童年時浮現於她視域的石頭：「它是怎麼多出來的？」這石頭形變成她個人的島嶼，在她獲獎感言裡陳顯為：「孤島」——它是我最初的生命之地，童年的寄居處。她說：「我尊奉『孤島』的詩學。」那是個人王國般開放的空茫，於自我內外的世界，於時間與空間都呈現無限，但向疼痛與幽暗開放的孤島守護者都不是孤苦伶仃的，亦不是無助的，對這世界投擲的聲音都有若隱若現的回響。

向世界傾斜，這是她對世界同理的基礎也是她詩意的核心。

「『詩性自由』使我對神秘未知的『無限』保持自然地傾斜，一種孤島式的傾斜。」宇向詩歌世界不求平衡，或不特重結構，因為對這世界有所發現時是激動的，她全身心投入這世界並隨之起伏，從而消失或瞬間轉移——於那詩歌發生的奇異一念。或許如此，詩為宗教，「經文只在念上停一會」〈經幡〉。在我之感思與詩的語言之間，那每次的小小觸與跳，不只服務於直覺，也要服務於詩人的語言，這裡有種「詩的自由」，由一個看似既定的原爆點——困局、限制，她試圖言說那不可言說的，如果說宇向的語言有所掙扎，就在這詩人的自覺上。她是個善於等待也值得等待的詩人。

在較早的〈撒旦〉一詩裡，宇向就表明，「／**我被逐步引入暗處**／**潛心追求真理**」，這聲音一直到讓惡坦蕩，讓罪一覽無遺的〈她的教堂〉，凡她走進深入之物事，凡她虔敬俯身之物事，她熟悉其間的氣味，以直覺和想像，形構愛的教堂，卻又不得不承認面對消毒液和漂白粉的長袍，聽聞那一遍又一遍的奉獻，「我把肉體，奉獻給您」那樣祭壇前引發的莊嚴的性感，這些是我對宇向探入深淵時對其眼光所照亮的世界，感到魅迷之處。與其說處理宗教議題，更好說是形上思考，只是饒富日常之味；有時如夜歌，夜中的冥想與抒思，有時我會看到那些豈不方思的句子「**並在那漆黑的夜裡，最高的和那最低的呈同一水平**」〈每一個真正的人〉。

2016年她再得大獎，得到以下評價：「她長於寫日常事物中的疼痛，持續把個體現實置放在廣闊的思想疆域中重新定義，以期更好地遇見那個憂鬱的靈魂。」她詩歌裡對世界有著同情，以致於我會以為，若時空許可，這寫作出〈喊你〉的詩人，一樣會如孤島般向日夜晨昏開放，詩以留霞，留曉波。

極速消費時代的愛情

——評杜綠綠〈情詩〉

◎黃粱

〈情詩〉

我看不上那些人的情書，
勉強來寫一首情詩。

這首詩裡有海灣，極速的蟹
突然升起的圓月
光是橘黃色，你在倒鞋裡的沙。

我愛你，小鞋子。
我愛你，燒烤爐。
我們的晚飯是一天的開始。

你在吃我的腳趾，踝
你抱起這些骨頭像抱著棉花糖。
寶貝，我的奶奶說過，
如果不洗乾淨腳就別想上床。
她揍得我很疼，
給我扎兩根小辮兒，還用吐得掉渣的罩衫
打發我。

我不是被剪了毛的山羊，我也
不是青草。
輕點兒，傻瓜，
請慢慢地咬我的膝蓋
那裡有許多傷痕，你摸一摸
凸起的，凹下去的。

是的，你將看到我一次又一次
被割傷

擺動的鐘，節拍器的枯燥，
陽台上長出番茄它酸啊
讓牙齒傷心，
讓你猶豫舔著我的肚臍。

我愛你，十一點。
我愛你，孤獨的房間。

我們睡在床上
向大海飄去，你吻我的臉
像是要吃掉這一天，我把自己
放進你的胃裡，我說

我要寫一首像樣的詩
來傷害你。

「我看不上那些人的情書，勉强來寫一首情詩。」確實深有同感。這是一個經濟資本主義當道的時代，極速生產極速消費，人性是主要的消費對象，愛情也無法倖免。情詩通常淪落為反情詩，詩人皆因愛情失落而書寫，情詩成為愛情缺席的見證，這首〈情詩〉也不例外。但杜綠綠的〈情詩〉還是值得大書特書，因為它的形式相當非典型。

詩從男女邂逅開始寫起，「圓月」，滿月之夜勾引動情激素謂之「突然」，「極速的蟹」形容橫行的男人傳神而新穎。「你在倒鞋裡的沙」，象徵沙漏開始傾斜。地點「海灣」，床／虛無的雙重隱喻，請看詩之終結的再次呼應——**「我們睡在床上／向大海飄去」**。

「小鞋子」、「燒烤爐」又是怎麼一回事？時光流失，生命煎熬，愛情大餐開始享用。「**你在吃我的腳趾，踝**」，這不是親密的猥褻而是殘酷的吞食，因為敘述者反諷地說及：「**寶貝，我的奶奶說過，／如果不洗乾淨腳就別想上床**。」（別擔心我的腳不夠乾淨）。「**請慢慢地咬我的膝蓋／那裡有許多傷痕，你摸一摸**」，這是長敗英豪的肺腑之言。「**擺動的鐘，節拍器的枯燥**」，性一再凸顯（愛再次缺席），「陽台上長出番茄它酸啊」，番茄沒有蘋果那麼性感，故言「酸」，讓你猶豫。

「**我愛你，十一點。／我愛你，孤獨的房間**。」，確實言及了愛，在深夜在孤獨一人之時，反諷的語調越是平淡就越顯哀沉。「你吻我的臉」，這是性交結束後的禮貌之舉；但敘述者不是枯木，

「我把自己／放進你的胃裡」，是心甘情願還是別有他圖？「一首像樣的詩」的腐蝕性會不會賽似硫酸？吞下去就知道。無論愛情在不在場，寫上一首好的情詩的確可以抗衡虛無對生命的侵蝕，而一首壞的情詩通常只是安慰劑甚至變質為毒品。

杜綠綠的詩風格突出，兩個特色：修辭的非典型與結構的戲劇張力。極速的蟹、突然生起的圓月、倒鞋裡的沙、燒烤爐、節拍器、陽台上的番茄，原創性極高的語言美學。而以海灣（床／虛無）貫串全詩結構上頗具深度，提供身體一個戲劇表演的舞台。再看一首戲劇性更強烈的詩篇：

〈女孩們與她〉

那些打算對你說的話
在這個女人的小腹裡漚爛。
她隔著肚皮用手指與
這些話做過交流，試圖和解
字與字之間的矛盾。
這一刻與下一刻的不同。
她安排好字的秩序，整隊，出發

她張開嘴唇，深深嘆出一口氣
這聲連綿不絕的氣息
從她心裡挖出
一個正在嘆氣的女孩。
一個正在吐出另一個女孩的人。

她們從她的心裡走出來，不斷
生出更多女孩。她們在她面前站成一排。
一排嘆氣的長髮女孩。

她們蹲下來，躺下來，
撫摸她的肚皮，用手敲擊她組建好的字詞隊伍
打散已有的秩序。
她們無賴地對著她喘氣，胡言亂語。

她們弄砸了這一切。
她們讓她變成了口吃的傻瓜。

聽，她艱難地想吐出幾個
尚能保持完整的字。她說，「我——」

「我」需要什麼？「我」會怎樣？
「我」正急切地等待與你說話。
這個「我」，在她口中持續了相當長的發音。
以至於再沒有第二個音出現。

她們無事可做了，又跳進她的嘴裡。
我沒有回去，
我留在她身邊擦著她的眼淚。

這首詩的情境比較不需要詮釋，讀者縱然讀不懂含意，感官刺激也在所難免，藝術效果絕對不隱晦。〈女孩們與她〉具有超現實氛圍，潛意識的流蕩，看似盡情揮霍又顯得呼應自然。杜綠綠詩裡的戲劇場景並非搭架在虛無空中，而是身體性經驗的戲劇化變奏；詭奇之場面非要蕩人耳目，而是蘊含著生命經驗與身體情感的深沉脈動。

黃粱　詩人，詩評家。主編《大陸先鋒詩叢》一、二輯。著有《野鶴原》《小敘述》《猛虎行》等詩集

揮發無度的搖滾

——評介橋的作品

◎米米

寫橋是很難的，因為我們是朋友的緣故，我才知道她寫詩根本沒有所謂常格，用傳統詩學的觀點去解構她的詩，恐怕也只會落入穿鑿附會的迷思裏，其實她只用自己的格律去創作，難就在難在這裏了。

橋詩給我最深的印象是它們的音樂性，這個特點由她的第一本詩集《冰冷的右腳》一直發展到第三本《碎南瓜到平行四邊形》，有愈演愈烈的勢頭。橋對我說過，她是一邊寫詩，一邊聽搖滾的。也可能是這個緣故，你在她詩裏，時而會讀到排比的句式，時而讀到斷裂的分行，這種特殊的句式結構也同時賦與作品一種特殊的節奏感，這種節奏感就是她自家的品牌，幾乎一讀便認出來。因為創作的模式本身就相當自由，所以你也會發現橋詩那種拼貼的句法是相當明顯的，不過我也不會套以它們一些評論的名詞，說她的作品是自動寫作云云，其實很簡單，只是她個人聽得太多搖滾，作品才自然展現搖滾音樂的那種隨性和奔放的氣質而已（笑）。

這類型作品，在橋的三本詩裏比比皆是：

〈一些作業雌雄難辨。節錄〉

一些作業，一些媽，一些老師，裡氏8級的課間操
同班同學搶著播天氣預報
某處有雷，冰雹毫無意義
閃電三次
河漏水了，世界史愛潮
另一地區顯示有很多三角型翻滾著，在市政廳擠成一團
爭奪定理
180度的那些媽，想多出一個角
三兩片音符，來自浙江
夾著一頁白紙成為一頓早餐
早晨親人們非讓我咬住六點半，那只秒針很硬，生鐵似的消失在嘴角

故鄉每一分鐘就消失一次
有一點點陣痛，彷彿回到分娩時咬醒的郵件
那時稍帶恨意，一些交親形狀的人北上
製造空調，拒絕成為父親
午後在公園裡追著幾條狗，金色的狗圈
滾出一千公里開外的愛情
雌雄難辨

這首詩除了體驗了橋詩的音樂性外，你必然也能察覺，它沒有很緊密的結構，句子的擺放隨意調度，而最叫我這些小心翼翼的詩作者詫意的就是那些狠辣的詞語配搭，試問常人怎會寫出「180度的那些媽，想多出一個角」這類讀來有些怪誕的短句。這種有點瘋癲的寫作姿態令我不其然想起兩位台灣詩人，其一是唐捐，其二是阿芒。

若干年前，我約略聽過部份詩人批評過橋詩太過個人化，而鮮於對生活作認真的探討。對於這種看法，私以為還是有其不正確的地方。觀乎橋詩的題材，它們大部分都和生活尤關，可能部分人們對於生活題材的寫法，有一些頑固的看法，認為揭示生活的苦難或彰顯所謂的人文關注是詩歌必然的任務。我肯定地認為，這類詩觀完全不適用於橋。

這個週末一口氣重讀了橋的三本詩集，發現橋詩大部分的題材都是來自平凡的生活，無非是寫她到處旅遊的經驗，和朋友吃喝玩樂，又寫感情生活和親情等等。她就像千千萬萬個我們一樣，她的不凡，就是能以全新的角度去窺伺生活這一點點分別而已。

橋說我們寫詩玩，意謂寫詩也可以抱著玩樂的態度，不必死抱著甚麼民族大義，衆生苦難這類太沉重的題材，當然有人可以把這類題材寫到一定的高度的，但這個不會是橋。而幽默，好玩才是她的本色：

〈魚一直都在尋找骨頭〉

「請把多餘的骨頭給我吧」
這是魚的廣告詞
上世紀的最後一個立春
魚登徵婚廣告和尋人啟示
魚有點迫不及待
立春的那天
她解剖的動物超過平常的數字

魚洗清自己的檔案
在文件上標明了暗示的尺寸
工具箱裡的一把卷尺
它生銹但不違反它丈量的原則
絕食、上磅
觀察高級生物的生長規律
記錄身高、體重以及不合邏輯的三圍
都是正確的形容詞
和義不容辭的定語
魚給檔案封口
用了五顆晚餐剩餘的飯粒
那是東北大米
晚熟、日照時間長
糯性最好
「給我一根骨頭吧」
魚的廣告要求不高
她的想像力都給了包裹骨頭的
脂肪、肌肉、皮膚、毛髮、經絡

和理所當然的血液
最後她找到骨頭的所有者：
B型、肥胖
兼有糖尿病嫌疑

這一首寫詩人心急求偶，最後落地失望收場，過程相當爆笑和幽默。詩以魚骨喻戀愛對象的身型，其意象鮮活還不在話下，重點還是展現橋對詩創作的姿態，寫詩是一種輕輕鬆的活動，絕對有益身心。

橋詩還有許多可以探討的地方，囿於篇幅，也只能淺淺一談而已。值得一提的是它展現的風格和我們刻板印象中的大陸詩相當不同，這種不同也可以成為驅動我們再深入認識一下大陸詩歌的誘因。

米米　原名胡惠文，香港浸會大學畢業。習詩十年有多，一向相信好詩在民間這句話，偶寫詩評，欲與好詩相擁，亦聊以自誤

大門油漆未乾的偶觸

——我讀尹麗川

◎詹明杰

「吞吐得如此嗆辣，性感得這般睿智」（楊澤評）

你看膩翻花鳳蝶、闇雲詭譎的詩了嗎？若想來點生猛直接的撞擊，尹麗川詩集是一大推薦，「毫不遮掩」是鴻鴻所下的精準之評，似是種交換，若思維同一高度，便可交換詩人大大方方想分享的生活所感。

〈錯誤〉

他年紀大了
多少得了點尊重
可是他年紀大了
青年們更有資格
沖他的門面

〈走進機場〉

走進機場
很容易找到國航窗口：
我親愛的同胞
是最好辨認的一群
他們一律早早來到機場

啐一口唾沫
關鍵他年紀大了
像隻驚人高齡的母雞
再也屙不出蛋
還叫喚得歡
他年輕那會兒倒是多產
可當時的大人們又懇求他
從雞肛裡憋出鴨蛋
——《油漆未乾》P.154

前呼後擁，操著「偉大的漢語」
託運著最大最滿的箱子
手提最招搖的品牌袋
不一定最貴
但一定是最出名的：
HERMES、DIOR、LV
他們是機場最活潑的隊伍
我站於這隊伍的末端
既感到親切，又感到厭倦
這就是親人的感受吧
我不用坐飛機
就已回到了祖國
——節錄自《大門》，P.201-P.202

不同於陳列架前的詩人群像總是憂鬱，尹麗川偶以一種辣妹子的形態穿梭於行句之間，我忽然想起十八世紀蒙塔古夫人（Lady Mary Wortley Montagu）在《情人：情歌集》（"The Lover：A Ballad"）裡一邊享受及時行樂的生活哲學，卻也一邊對追求者們解釋，自己擁有可以完全抗拒誘惑的能力。這樣的形象，似乎非常貼近我們從詩裡認識的詩人樣貌。

〈打算和你睡覺〉

你站起來
又坐下去
你坐得好好的
又站了一會兒
你抽了一根菸
把它抽完
你又抽了一根菸
也把它抽完

瞧你這樣子
我還能把你怎麼樣

〈什麼樣的回答才能讓你滿意〉

他們都那麼憤怒
他們問我為什麼
那麼需要男人
「就那麼需要性麼……
　你就那麼輕易
　把身體交出去」……
如果我回答你們
我要的只是男人的懷
是一頓和平的早餐
是親吻和撫摸頭髮
甚至是你們痛斥我

還是你怕
你會把我怎樣了

屋裡那麼熱
我已穿上裙子
我假裝無意地露出大腿
你似乎沒有看見
——《大門》，P.38-P.39

不懂的愛情
你們就滿意了麼
我就會比現在
更純潔了麼
而我的身體是
怎麼也交易不出去的
——《油漆未乾》，P.75

上引例詩裡，我們可以看見詩人自白式寫法混著女性主義批評 (Feminist criticism) 的顏色，像是入色後拋好光的琉璃，讓人不論從哪個角度看上去，都是那麼的引人注目，令人屏息下一句即將產生的驚艷角度。

另一點，則想提提尹麗川在《油漆未乾》自序裡，自己對詩語言的看法：「題材無禁忌，詩是自由的。但首先要讓人懂，要真切。讀不懂的詩，沒必要談。」這讓我想起綠原的觀點：「詩人的本領不止於使自己成為詩人，更在於使他的讀者成為第二詩人」兩者很接近。這樣對於詩語言的思考很直接，也很大膽。但，誰曰不可呢？她可是尹麗川呢！我想大門上用心一層層刷上的油漆，作者從不排斥讀者去觸摸，詩人會俏皮地不告訴你油漆未乾，要你心裡與雙手也盡是閱讀後沾染的漆漬。

☆小觀察：尹麗川在《油漆未乾》這本詩集內的作品收錄到二〇〇四年，而《大門》最近還可以看見二〇一四年的新作，兩本詩集因出版地不同，故部分詩作重疊收錄，每一首創作年月都附載在後。

裂縫裡的聲音——閱讀夜魚《碎詞》

◎沈眠

人生是萬碎齊發的，人生是艱難痛苦的編年史，而詩歌是唯一的盾牌，唯一可能的休止，唯一的黑暗之光，養在心中，讓自己錨定，不被狂流怒潮帶走，捲進無望、慘敗的生命現在進行式。

所以夜魚的《碎詞》裡有〈碎瓷〉：**「受傷是注定的／每個朝代都有每個朝代的瘡疤和虔誠……我是一片濕漉漉的瓷，割破塑料膜和悶著的肉體／疼得幸福，不在乎看見血……你是杜撰的，也是真實的／你第一次出現，應該是在我胃痛得最厲害的一瞬間／蜂擁而聚的一群，都比你矮／這讓我清晰地看見你投射過來的眼神／和我想了一萬次的情景一模一樣。我搖晃著撲向你／根本不管最後的碎片有多鋒利」**、〈我想提前懺悔〉：**「我說著世界的黑，只是為了在說的過程中將縫隙裡的／光明抓得更緊」**、〈◎〉：**「突然看見深不可測的黑／吞噬了全部的詞語／／除了後退捂住口鼻發呆寒毛豎起束手就擒趴在鐵絲網上／大腦一片空白地／待著」**……等等。均可見得夜魚對生命經驗炸裂也似的焦慮、緊張和無力，以及她如何破碎的擁抱著詩歌，不滅不毀。

詞是瓷。碎解以後，是一種極其細緻但一旦相擁又如此鋒利難忍遍體鱗傷的狀態。詞語是易碎感，人生也是。所有的詩歌都是對詞語的碎裂、冶煉與重造。詩人使用的詞語是碎瓷，不是完好無缺的一瓷器，定然是碎裂的。

帕慕克（Orham Pamuk）在諾貝爾文學獎獲獎演說〈父親的提包〉裡講道：「……**寫作就是把內省的經驗化為文字，研究一個人回歸到自我時所進入的世界，同時懷抱著耐心、執著和喜悅。……我們作家使用的石頭是詞語，我們把詞語捏在手裡，感覺它們各塊石頭互相連接的方式，有時要在遠處觀察，要拈量它們的重量，要改變它們的位置，年復一年，耐心而又充滿希望，我們創作出新的世界。**」

是了，創作其實是採擷碎片的聲音，而詞語無疑是碎片（或石頭或其他的什麼）。而詩歌的聲音來自裂縫裡，裂縫裡落下來的碎。將所有心中、眼前的碎片拼結起來，就是詩歌——零雨的〈有時〉寫著：「**天地的裂縫中掉下／幾個語詞**」，還有策蘭的〈詞為我落向何處〉：「**詞為我落向何處，不死的詞：／落進額頭後面的天谷；／到那裡去，唾沫和垃圾送行，／七星草，與我生命同在。**」不也有相近的意念觀想嗎？

因此，夜魚詩歌最迷人的地方即是碎片之聲，即是灰燼之樂，即是廢境之曲，如〈玻璃繭：無法抵銷〉：「**我的沉默，浩瀚無際／最燦爛的地方，都是無語凝咽的模樣**」、〈玻璃繭：多年以後〉：

「像冷落了多年的銅質香爐／這一生，我只堅硬過一次／之後，一些柔軟的灰，潦草地散落在／明鏡台上」、〈白月光〉：「一節灰燼／餘溫最致命——／／像殘陽射進玻璃／像牙齒咬住嘴唇／像沒人能安撫的內傷／找不到疼痛的具體地方」、〈荒廢〉：「繼續兵荒馬亂，繼續我一個人的死／繼續把這片殘壁斷垣當成最後的疆土來愛」、〈靜音〉：「請允許我放棄，請允許——／你來與不來，我都將老去／真美啊，這寂靜是我的／／眼淚是煙燻出來的，不是那年／你將我栽種在月光下，我的心疼出來的」、〈杯具的價值〉：「她不知道一群人／正踩著碎玻璃想她／想起她啊，一地的清脆」云云。

夜魚並不業餘，實際上她是有所覺地活在詩歌之中。詩歌是她的絕地，詩歌也是她的重生她的方舟。她將那些詞語那些聲音收集起來，做成陰翳叢生中仍有明亮微曉的詩歌，而真正的只是被毀滅，她的餘燼是有熱度的，她的沉默是燦爛的，她的灰是柔軟的，她的寂靜是美的，所以她還寫了〈玻璃繭：玻璃海棠〉：「和我一樣，你厭倦／精緻、維妙維肖和剔透無傷／預謀一次失手吧，親愛的海棠／讓我們順著裂紋逃逸，以傷痕獲取花香」，她依然相信傷痛仍足以交換一些美好的可能，還有〈盡頭〉：「不沾風塵的人都住在山上／他們喝露水／不下山，山下腥味太重／而雪還沒有下來／／你滿了的時候，我不敢敲門／你空了的時候，我已經不想飄上去／我們都不說遺憾／說恨」——這極可能是整本詩集裡我最喜歡的一首，寫得好極了，深邃美麗得教人戰慄，不忍多做解釋。

最後，我想起黃碧雲《沉默。暗啞。微小。》寫的：「在黑暗裡面，我摸索各種打開的姿勢。無論是多麼的笨拙，或殘酷。／在黑暗裡我可以聽。聽到所有角落發生的，微小事情。／『而光。』『一如愛。』並不在黑暗裡面：在我以外，並且只屬於言語的。因為言語，我們創造各種不存在的事物。……如果我明白黑暗，我就明白光；練習不愛，就知道愛的可能；以一種無可名狀，去描述另一種；……我在黑暗之中，無人之處，找尋一個打開的姿勢；並以極為脆弱的聲音，無論我有多優美或多庸俗，知道醜惡和獸鬥，那聲音還是非常脆弱而微細，在黑暗裡面，斷斷續續如無法繼續的呼吸，描述著字，帶著所有創造者和生育者的創痛，……」，將此摘來與《碎詞》所顯露的人生參照，聲響竟有雷同，何其微妙呀。

沈眠　一九七六年降生，二〇一四年出版《詩集》，二〇一七年線上發表《武俠小說》。擁有【最初，只剩下蜂蜜的幻覺。】：http://mypaper.pchome.com.tw/news/silentshen/

危險輪廓的窺視之旅
——讀包慧怡《我坐在火山的最邊緣》

◎許宸碩

閱讀包慧怡《我坐在火山的最邊緣》是一次相當具有挑戰性的經驗。在這本詩集中，詩人使用非常多的意象，其技法產生的效果近似海明威所謂「冰山」，只寫出意象讓我們看到二分，而剩下的八分則留給我們去猜測、詮釋。這本詩集因而是一種對讀者知識、想像與詮釋能力的考驗。你知道的脈絡越多，越能讀出其中深意。

慚愧的是我對作者專業的中世紀文學與凱爾特神話並不瞭解。但我想，即使是我這種知識涵養不足的人，若能分享自己是怎麼讀這本詩集的，或許對望之生畏的一般人能有所助益。

這是作者的第一本詩集。「第一本」的意思是，詩人在創作時，並不一定是以特定的意識來完成一本詩集，各種風格、體裁的嘗試皆可能被羅列其中。而出第一本詩集，便是整理過去自己的創作，找出脈絡，予以排序的作法。以下羅列此詩集裡的九輯及作者標示的創作年代：

輯一：新奧爾良（2007-2010）
輯二：青苔學（2011）
輯三：去墓地（2012）
輯四：異教時辰書（2010-2011）
輯五：忘曲，法蘭西——七首十四行詩和三首素體詩（2012.5-2012.6）
輯六：地球儀布魯斯（2013）
輯七：靈泊（2013-2015）
輯八：最初的環形山——早期詩選（按：此輯中每首詩最後皆有標書寫年份，整體創作年份是2006-2010）
輯九：布媽媽童謠（2005-2006）

我們可以看到，輯八與輯一有時間上的重疊，但在此之外的創作幾乎沒有時間上的重疊。若作者標定的年份無誤，那麼作者排序方法反而相當單純，就是從時間的前後順序來排序而已。

這種排序方式可以看到作者詩藝如何生成，但在同一輯子中，作者的詩時常使用類似的形式與技巧，以致於讀下來容易有一種陷入輪迴的疲乏感受，這是其缺點。作者選擇如此呈現，其目的不只彰顯自己在不同時其探索詩的不同面向，也是要讀者跟著其創作的心境、步伐前進。而最後擺上自己的少作（包慧怡 1985 年生，2005 年時才 20 歲左右），則有種讓讀者看到「這些詩的起源模樣」的意涵。

這場詩的旅程，並不只建構在一首首獨立完整的詩上面。如前面所說，包慧怡的詩是冰山。若一個輯子裡的每一首詩都露出冰山的不同部分，那麼只要能串連每一首詩詩的閱讀經驗，便能隱隱看到冰山的輪廓。

包慧怡詩的風格接近敘事，透過長句讓讀者進入某個特定的情境內。由於她詩中使用豐富的意象，因此相當具有視覺感與感官感。以〈變形記〉的其中兩段舉例：

我要令所有的天國淪陷
從琥珀中摔出你寡言的不朽
我將背對昴星團立在三岔路口
朝過路的巨獸灑下輕細的花粉；
失去舌頭我以為可以藉著愛你

愛上月光下扭過田野的蚰蜒——
直到舉世的冰雕融化，露出永沸的內核
直到水銀注滿我的子宮，星川也廢去
直到我在湧出光酒的虛掩拱門前
鬱結成一只透亮的梨

在高密度的長句中，意象不斷展現、組合。這些意象群有些屬於自然環境，有些屬於宗教，有些屬於天文，有些屬於身體。而組合出一種失去的、憂鬱的感受。

當然，每首詩出現的意象，以及這些意象出現的方式並不相同。而這不相同之處，正是我們窺出冰山全貌的線索。用較宏觀的視野來閱讀整本詩集，便能比較瞭解一個輯子中每首詩生成的背後，作者所處的環境、心境之間的互動。

我們可以看到作者對於凱爾特神話、聖經等的深厚瞭解，以及運用這些知識於行文之中。這些知識來自於她的學習經歷（都柏林大學英語系中世紀文學博士）。而曾經待過北國、以及於各處旅遊的經歷，也讓她詩中出現許多北國的自然意象，山川、森林、冰霜……都是詩中常出現的意象或主題。

她對性別與身體亦頗有自覺。雖然書中出現的有關性器官的描寫其實比例不高，但每次出場都會抓住讀者的目光（從前述引用的詩句便可看出）。此外，舌頭是她很喜歡寫的器官，除了身體的意涵，「言說」也是她在這裡喜歡隱隱提及的概念。而這些舌頭們都會有各種變形。

最後一個我注意到她喜歡使用的意象群是天文。天文在當代相當科學，使用了相對論、量子力學來理解宇宙的結構、恆星的生成與死滅；但天文亦是最古老的一門學科，是每個民族神話誕生的所在之一。後者是詩人喜於使用的，藉由這份悠久、神秘，搭配著凱爾特神話、聖經或中國的神話，讓讀者掉入詩的異境之中。

在這趟詩的旅途中，作者既有對於知識的運用、主題與形式的探索，在後期的詩作中也逐漸反璞歸真，使用知識的比例逐漸下降。對照後期的詩與初期的詩，便是相當有趣的事。作者後期寫的詩意象繁複，情感雖濃烈但不易解開；而相對來說一開始的詩在形式、意象使用上則較單純，較容易進入。透過作者刻意的章節安排，更能展現美學上探索的方向及成果。

整體來說，包慧怡的詩集展現了她作為一名見識廣博的女性學者的多重面向。她既沉浸於中古時期知識與神話，以及各地美麗的風景與生物，同時也對自己的身體與性有所自覺。

這樣的詩一天是沒辦法讀太多的，但正如這本詩集的標題「我坐在火山的最邊緣」。火山是危險之處，雖然自身處在邊緣，但仍在危險的範圍中。透過自己涉入危險範圍——詩所創造的空間與情境——的邊緣，窺視中心的火山口，感受到其背後那失去的、憂鬱的感覺，是閱讀這本詩集的最好方法。

許宸碩。筆名石頭書，宜蘭人。清大物理系畢業、台文所就讀中。耕莘青年寫作會成員

發光的嫩芽

——淺談謝小青

◎張繼琳

在我書櫃裡，屬中國作家詩集不可謂不多，從早先唐山書店出版的兩系列詩叢，到近期重慶大學出版社的新陸詩叢、中國好詩第一季等等，購買數量幾乎與台灣詩集等量齊觀。然而不可否認的現實是，中國畢竟地大物博，我總感覺我所擁有的詩集也不過是滄海一粟，即使當中水準有高有低參差不齊，即使此期主編一靈告知只聚焦中國女詩人的介紹，我仍覺自己閱讀所知相當有限……。

我尚且如此坐井觀天，他人若具備强烈台灣意識那更不用說了。

大概是她沒列入一靈提供的那筆名單中吧，在書櫃前我來回走了幾趟，取出前日才讀過的謝小青。這本我唯一能在台灣買到的《無心地看著這一切》詩集，是某天在博客來走馬看花時，沒有口耳相傳的推薦，單憑網站那幾首詩決定買的。經驗告訴我，你以為是西瓜但也有可能抱回一顆炸彈。當初認定只要整本詩集有三分之一是好的就算值回票價，恰好謝小青就屬這類，沒讓你白花錢。可今日再度捧讀，卻又覺作品超過二分之一佳作。因此我對這位 80 後的新秀還是充滿肯定與欣賞。

當初，憑著我的想像和幻覺，將她詩集擺在宇向、春樹之旁，且將三人詩風歸類視作三姊妹。老大宇向早在詩壇盛名，美人胚，又擅繪畫，作品被翻譯外文，常出席詩歌交流活動，她的詩：「**為了讓更多的陽光進來／整個上午我都在擦洗一塊玻璃**」、「**上帝當然要先造一些人上人／以免人類迷失方向**」都是美貌才氣的句子，可我總覺得她老是和尹麗川形影不離在一起逛街血拼，且有時會出現在時尚雜誌封面。老二春樹個性叛逆了些，混北京寫小說，染一頭短髮猛吸菸，詩作簡單走日常風，小妖小怪，稀鬆平常心情都有人看。

而這老三謝小青則是，面貌清秀乖巧懂事還讀到法律碩士，作品有冒芽發光的潛力，不疾不徐的腔調，修了圓角的流暢，作品讀來還有泥巴青草稻田牛糞味道，挺舒服的。我想她出自湖南有資水、鐔山鎮、冷水江、錫礦山這麼一處地方，等於高中畢業就離開家鄉到城市讀大學，讀法律絕對苦悶，所幸寫詩等於是鋼筋水泥建築縫隙發芽的青草，還能透點氣呼吸。

明顯地在她《無心地看著這一切》詩集中，因為尚未出社會打滾，甚至工讀經驗闕如，她書寫著墨較多的自然是青春紀事和故鄉的人事物。比方她寫同學會，小學四年級有個同學叫李志遠，她和一干女同學有天將他叫到牆角，逼問他喜歡誰，「**我們一個個報女同學的名字／直到念到謝小青，他才點了點頭／如今他帶著上海姑娘，榮歸故里**」曾經暗戀喜歡他的男生，多年長大後不過帶著上海姑娘出席同學會，卻被視作榮歸故里，多少反映了她出身鄉下的自卑。包括讀大學第一次進澡堂，她身僵硬慢慢脫衣好奇打量別人，說「**當我如撥開的春筍，鄉村就曝光了**」她有鄉下人對曝露肉體，一種類似露出馬腳的羞澀。

甚至談戀愛，說和對方走著走著，就走一起了，「**在濃蔭下數陽光的金幣／在鬧市區吃價廉物美的蓋飯**」接著倚偎公園長椅，男孩不過用手觸到她的身體，她就叫了一聲，然後美滋滋睡著了，「**甚至不知道被你撫摸的過程**」，這是生澀情愛卻沉浸濃情密意的想像。

至於兩小無猜的一首詩，我們把陽光鋪在床上，「**夜裡，擰開床頭燈／我們把陽光鋪在淺綠色的床單上／親愛的，我們不用遮掩／山川裸露，一萬年前就這樣**」、「**真好，我們一遍遍撫摸陽光／學鳥鳴，在枝頭雲端／學農人幹活，發出粗重的呼吸／你要我叫你父親，我要你叫我母親／依然是父親與母親睡在一起**」好美的純淨畫面，真希望躺在她的身旁啊！

可畫面一轉，另首〈兒時，我看見父母做愛〉寫到六歲一個凌晨，兩重疊身影在黑暗搖晃，「**我嚇壞了／那時我還不明白，男人如何／將堅硬的部分藏進女人的身體**」，她只能裝睡，父母平日生活偶而無法避免的爭吵，在那時兩人卻沒斑駁距離，並且在早晨雞啼之時，「**母親起床，父親還在沉睡／不一會兒，我就聞到熬豬食的氣味**」母親一如往常時間起床餵豬操持家務，對照父親完事後的疲憊補眠，似乎寫實描繪農村殘留男尊女卑狀態。這也讓我憶及幼年我曾住農村鄉下，一家六口同睡一張床的時光，我實在難以想像當初父母是否也有過那樣謹慎壓抑的恩愛。

這本詩集作品計有四輯，不諱言就以「無心地看著這一切」當書名的第二輯最好，第四輯「他鄉與季節」較為普通。2011 年謝小青獲得《星星》年度校園詩人，2016 年 10 月才出版這本詩集，寫的是平凡生活題材卻有成長經驗似的散文氣息。

詩人零雨曾感觸台灣已沒有真正的農村了，而大陸則是有太多窮鄉僻壤，城鄉差距之大，可以讓人生活方式一夕改變。這本詩集我讀到關於謝小青的一些來龍去脈，那有別於台灣年輕人成長經驗的差異與風格，卻和我曾經失去的相似彷彿。現在是，你到大陸旅遊，進飯店發現電器和衛浴設備不是我們熟悉的品牌，服務員的談吐也是不一樣的「氣口」。在台北會覺得距離上海近，因為城市模子大抵繁華相似。然而農村，我們台灣農村幾乎與大陸任何一座農村毫無相似關聯了。謝小青的詩不會真情發生在台灣年輕詩人身上，台灣年輕詩人也不會矯情複製謝小青的詩，這便是一方水土，各有各的少數民族。

對於想了解大陸年輕女詩人現況的讀者，謝小青不妨一讀。然後，我會將她詩集與宇向、春樹脫離，重新擺放另個適合她的位置。

最接近美也最接近天真

——讀余幼幼的詩

◎普珉

〈挽留〉

（一）

鬍子是沒有用的
把太陽挑破，流出膿水
白天還是熱得發脹
在人群中彈跳
在橋上彈跳
在房間裡彈跳
我和你都怕它突然
彈跳到床上
打開我們的私處

然而，並沒有打開什麼

它只是站著
離你很近

我幫你修剪了
鬍子上的汗珠
整整齊齊的汗珠
亮晶晶的汗珠
一顆一顆全部都
彈回了天上

（二）
我冷冷的
不止一次勸你
從飛機上跳下來
像皮球一樣
像白天的溫度一樣
跳下來
不要那麼慌張

不要帶著欺騙
跳下來
四肢張開
像做愛那樣
你在上
大地在下

我冷冷的
以為你會跳下來

（三）

實際上你已經
在我的身邊
我們是兩個沒有意義的人
想起來你做的
水煮肉片很好吃
我做的番茄炒蛋很難吃
由此抵消了一些

不切實際

之後呢
你加上鹽，我減去糖
你乘以面粉，我除以大米
也將不存在意義

(四)

我希望的是
一切並沒有那麼不堪
可以不關燈
可以不裸體
我可以不知道
你的手除了
撫摸拉薩河水
還撫摸過無數女人的身體
你的眼睛除了
包容阿克蘇的乾裂

還包容了一位
穆斯林女孩的潮溼

你也可以不知道
我最深處的心已死
只留一件
輕薄的衣裳
在你懷中飄來飄去

（五）
你說你做夢了
夢見在越南嫖妓
不知道是河內
還是西貢
可能是大叻
可能在
地圖上根本找不到

現在只有與
星星接壤的地方
能讓我坦誠：
我沒有去過越南
也不打算原諒你的夢

（六）

你四處買船
準備從一座城市
漂到與它不相鄰的
另外一座城市

你想要的船
船身與河水粘連著
強行撕開
幾乎無法治癒
傷口的創面

此後
如果沒有被浪掀翻
也會被情緒掀翻

你和我
被搓成拴在船舷上
的一根麻繩
注定要在
寬闊的河面
拉起兩條人命

（七）

想起自己很可笑
就著葷段子下酒
也能三五下把自個撂翻

我其實很難過
比倒空的酒瓶還要

找不到重心

從白天走過的鐵軌上
搖搖晃晃
再走進廢棄的意識裡
我有一個
生了霉的月亮
還有一些拐了彎
就消失不見的挽留

〈骨頭〉
人體有 206 塊骨頭
是不是每一塊都有名字
可以感受到它的存在
是不是每一塊都潛入過
別人的夢境或身體

率領它們去闖蕩
與命令它們折返的
是哪一塊呢
悲傷的那一塊
和高興的那一塊
相隔有多少距離呢
成為女人的那一塊跟
成為母親的那一塊
是否是同一塊呢

比起我們擁有相同的骨頭
卻不能擁抱的事實
我的疑問
還遠遠不夠多

〈美〉
美是有浮力的

在水上跳舞或者
在船上生病
都是那么的好看

但你站在岸上
我認識你眼底的膽怯
心疼得說不出話來
等你長大
我來和你共枕
等我老了
便和衣而睡
此時我最接近美
也最接近天真

〈隱私〉
大渡河吞下
我洗不乾淨的隱私

硬生生讓它吞下
也有我的錯

我的錯誤之處在於
在釣魚之人的
注目之外
充當了他的魚餌

河水也會一天
比一天憂鬱

我的錯誤
也是站在大渡河岸
很輕易就喜歡上了身旁
的一個人
他那麼的不合時宜
卻又在隱私裡
顯得那麼的恰如其分

如果從六十年代初期的北京學生沙龍算起，中國當代詩歌用50年時間，經歷了六七十年代的發生期、八十年代的成熟期、九十年代至今的發展期。這二三十年的發展期也近乎平庸期，所以尤為令人關注。發展期也是確認期，確認重要的作品、重要的詩人，確認重要的成績。但因為各種原因，尚未形成統一的標准，所以只要你願意發聲，你就可以陳述個人的意見。總之人還都活著，所以門牆林立，好詩人好作品並未得以確認，或者也並不需要確認，只待歲月流逝大浪淘沙金始出。在某種意義上，在詩歌已經被邊緣化的發展期，詩歌圈內還是挺熱鬧的，但確實看點甚少，所以這二三十年的發展期也是平庸期，如果還能令人關注，只是期待有新的聲音出現吧。

五十年來，女性詩歌一直作為一抹緋色點綴著當代詩歌。但情況停留在量的變化上，從無到有，從少到多的變化上。一是在寫作上囿於自身附庸於男性詩歌寫作，二是因襲西方女權主義影響强調自身性別，都未能成為當代詩歌中獨立的風景。在某種程度上，女性詩歌寫作一直備受逼仄的意識形態左右，形似獨立而實未獨立，僅是在追求機巧與設計上或有佳妙之作出現。

前一陣讀了些90年左右出生的年輕人的詩歌，感覺都很精練有致，且新鮮。雖然說不上特別好，卻喚起了我對六七十年代之交的北京年輕人的詩歌的印象。在風格上二者有一個共同特點，就是青澀喜人。但在精神上與內容，新一代人顯示出扎實與寬闊的空間，一掃各種意識形態方面的印記。這是源自個人生活之中、而不是之上的鮮活的詩歌。各種文化的影響雖然看得見，但卻因為作出了個人的判斷與取捨而洋溢著清麗的詩風。我慶幸自己居然看見了歷史發展的一個小循環。前五十年的詩歌如果從上個世紀六十年代中後期萌芽，從今而後的五十年的詩歌則在本世紀十年代中后期已經萌芽。十年，或者二十年後我們能進入一個嶄新的詩歌時代，而現在往前的詩歌則真正成為歷史。

余幼幼恰好屬於九零後詩人，她的詩充分又恰當地使用了敘事與思辨方式，扎實透徹。用詞準確，不留冗餘詞句。不以抒情取勝，但留出了明確的詩意空間。這有點像孔子所說的「繪事後素」。詩意就是所謂的「後素」，就是詩人所在的空間，並不需要筆墨、尤其是特別的筆墨點染之。所有的詞句應該用於精確地描述與思辨，用於全面揭示寫作的客體。只有如此一首詩才能獲得生生不息的詩意。

〈挽留〉篇幅較長，影像般清晰凸現了男女間的交際情狀，帶著另類的氣息，其實並不另類，而是個人生存環境惡化的表象，舊倫理已經崩潰，彷彿人失去了衣服、皮囊、血肉。而失去的這些都需要自己重新打造。可以說，一代新人已經覺醒，他們沒有可以繼承的事物與世界，只能去尋找自己的世界，成為嶄新的人類。〈骨頭〉一詩，恰好意味新人的覺醒、自我答疑與站立。

作為生活在四川的詩人，余幼幼並沒有顯示出對口語體的特別偏好。在口語詩與廢話詩風行的地域中心，能不隨流俗可謂十分難得。口語體的偏狹已經不需討論。詩歌需要容量，追求口語其實是自我束縛。自由而富有活力的語言，不需要固執一種語體風格。〈隱私〉、〈美〉的思辨色彩濃郁。

余幼幼敏感多思有主見，這使得她的筆觸總是直接切入詩歌文本，簡潔、鮮活、流暢的文筆顯示出成熟的個人詩風。詩人與世界發生互動而形成詩意的空間，這是理性決定的，用理性而非情感照亮詩歌，用詩歌改變世界。是的，詩歌必須改變世界，這才是詩歌寫作本來的意義，而且是恢復詩歌本來功能的時候了。

余幼幼的詩歌當然也有不足，這不足是山溪與大江大河在體量比較上的不足，相信時間會彌補這種不足，或並不需要主動消除此種不足。

普珉　語文老師，著有詩集《光陰的梯子》

躍向童年隱喻的輕快步子
——談張雨絲的詩

◎張存己

在出生於上世紀九十年代的漢語新詩寫作者中，張雨絲是其中不可忽視的一位。讀張雨絲的詩，很難不被她那獨特的氣息、成熟的技藝，以及直指生活與人心深處的洞見所擊中，更難免驚訝於這等看似靈巧纖薄，實則老辣精到的筆力，竟出自一位還生活在大學校園中的少女之手。

〈潭州小夜曲〉是我讀過的第一首張雨絲的詩。這首思鄉之作在內容上不難理解。前兩節中，作者對長沙街景的白描、對「溼而熱的黃昏」的背景渲染，都足以令這首詩從一開始就抓住讀者，並使他們心有戚戚。第三節中，作者卻筆鋒一宕：

時間小河流沒過石頭和人群
當它被發現後
城市才有了東和西
我在北方感到驚訝

「那條反向的河在逆流時順流」

仍是與上文一貫的舒緩蘊藉的語調，內中的思想張力卻陡然增加。思鄉的游子並未耽樂於體味回憶中的細節，而是抽身而出，成為了一個時空之外的觀察與思索者。短短五行詩句中，由「時間的發現」引出「空間的發現」，繼而在數番方位折疊後道出「那條反向的河在逆流時順流」的金句，環環相扣，密合無間。如此短小的篇幅中，用不到五十個字，便營造出如此細膩的文本褶皺，以近乎炫技的方式向日常情感注入哲理思辨，又毫不破壞全詩的情境與基調，可謂綿裡藏針。

實際上，在2012年秋天寫作這首詩時，十八歲的張雨絲才剛剛進入大學。此後張雨絲大量詩作都聚焦於日常生活的重新發現。時隔五年的〈最後……〉仍延續了張雨絲在寫作伊始便準確鎖定的那種屬於她自己的音調。張雨絲是一位善於調動讀者同情感的高手，她常在一首詩的背景音中不辭辛苦地加入對環境和氛圍的鋪陳。細心的讀者會發現，張雨絲的詩中經常出現對天氣狀況的描摹——比如〈解老〉的「好天野無雲」，〈喻老〉的「新雪」，〈鸚鵡螺〉中金剛鸚鵡般的好天氣，以及〈虹橋〉中送別室友的「憂鬱的回南天」。對氛圍的重視反映出的是作者的細膩與敏感，這不僅可以迅速地以一種令人信服的方式將讀者帶入文本的基本情緒，也使他們願意相信許多人同樣經歷著的日常生活中仍有奇跡等待被發現。

把捉日常生活的隱微情緒是張雨絲的特長，而她最近嘗試構建童年敘述的兩首短詩或許標誌著寫作方向的進一步延伸。〈解老〉云：

小童南面坐，好天野無雲。河水翕動
一萬只鱗翅目，刮擦他的黑眼睛
玻璃球，氣囊馬，倒計時的輪中輪。而更高處
甜熟的秋柿，正將這午睡后紅潤的九十年代觀看

作者四行的篇幅勾勒了一幅記憶裡秋日午后的童年畫面，末後「將九十年代觀看」一語，更點破了一層年代感，這似乎觸碰到了自〈潭州小夜曲〉至〈最後……〉等一系列詩作注目較少的一個話題。另一方面，〈解老〉、〈喻老〉兩首題目，直接取自《韓非子》。相應地，詩中的短句，也與古典相應和，沾染了文言的韻味（如「小童南面坐」、「好天野無雲」等語，以及第三行的「鼎足對」）。作者本身專業方向即先秦思想史研究，此一取法韓非的舉動，是否意味著作者有意擷取先秦道論中的某些內容，以為返觀現時代的思想資源？抑或是想以現代社會的樣態重新詮釋經典？如所周知，近二十年來，詩歌界對漢語新詩的「本土性」或「中國性」已經產生了大量的討論。若將目光投向更為廣闊的思想文化史視域，則不難發現，作為時代思潮的一部分，這些實際都無法與上世紀八十年代中後期的「傳統文化再估計」以及隨之而來的形形色色的「傳統熱」脱離關係。其間魚龍混雜，孰為得失，殊未易言。但就漢語新詩寫作而論，如欲真正貫徹「中國性」，就必須找到一種屬於「中國」的語言，而不是僅止步於舊意象的移植或是價值立場的宣誓——畢竟詩歌根本上是一門語言的藝術。

不同於〈解老〉的古典腔調，〈喻老〉幾乎將全部精力投向了年代感的重構：

搖搖車在新雪中發光。和平
年代裡，離婚的父親走進超市，
匆匆買下一份報紙和水果糖。警察
叔叔還在午休，夢里是烤煙的鮮甜，
你把機關槍摁響，讓那塑料葉子
旋轉一會兒，也不要緊。

「和平年代」是開宗明義的點睛之筆。在這一幕童年場景中，除了離婚家庭掠影，午休的警察叔叔和按響玩具機關槍的動作是兩處非常扎眼的細節。對於出生在九十年代初的人來講，由於社會環境急遽變化，加之個人生活背景各異，「警察叔叔」的形象在童年敘事中的具體意味固有不同，不便求之過深。顯而易見的是，在兒童玩具槍與成人世界的警察的呼應下，〈喻老〉中的「搖搖車」與〈最后……〉中那個略帶小清新氣息的「嬰兒車」迥然異趣，它暗含著某種暴力色彩，其實際含義早已指向了對歷史，特別是作者出生前後的那段個體生命的「近代史」的關懷。

生於九十年代初的年輕詩人們，似乎整體上都不再有投身宏大敘事和集體意志的熱情，也對應許式的〝好天氣〞不甚感冒。但這種低沉和渙散的表象，也意味著作為個體的詩人有可能擺脫集體激情和極端的籠罩，在沉潛探索中找到另闢蹊徑的可能。張雨絲的詩歌在關注個人生活的同時並不缺乏對時代和政治的敏感，〈喻老〉以兒童視角的「萬花筒」為工具，觀察成人世界的緊張感，也是一種以個體感覺為基礎來描繪時代色彩的嘗試。而且，由於童年語調的幼嫩感和邏輯上的模糊感，這一「萬花筒」還帶來了一項意外的利好：在它的目鏡中，觀察者可以盡量避免對人與事作出獨斷的評價（如〈喻老〉中對離婚的父母和午休的警察所作的保留那樣），而萬物都得以在不同維度的意蘊空間裡如其所是地呈現它自身，並維持它自身在解釋上的多歧性。

在我看來，張雨絲是一個已在修辭方面達到較高水準，又對生活的內在肌理有著頗為深切體察的詩人。只是在享受這些「寫作紅利」的同時，如何進一步在詩歌上拓寬對這個世界的理解，也是值得一個富於語言天賦的寫作者反復思考的問題。〈解老〉和〈喻老〉已有探索意義，不過限於兩首詩的篇幅，上述思路在〈解老〉與〈喻老〉中都還沒有得到內容性的延伸和發揮，因此這兩首詩還只是階段性的實驗作品。但我以為這或許是作者未來的上出之路所在。猜測只是猜測，張雨絲的寫作仍有無限可能，她終會用自己的寫作給讀者一個答案。

張存己　本名成棣，一九九二年生於北京。復旦大學歷史學系碩士（二〇一七）。曾獲第三屆復旦大學「光華詩歌獎」、第三十二屆「櫻花詩賽」一等獎、二〇一五年全球華語大學生短詩大賽一等

輯二：譯詩選

空氣，在呼吸的距離

伊蓮·葛侯 (Irène Gayraud) 作
尉任之 譯

1. 乾涸

在近乎憤怒的乾涸上……
——迪諾·侃帕納 (Dino Campana)

這許多一閃即逝所留下的

一點點微波就喚醒快感
將她擊潰
過去的影像懸在臉龐

留下
很多的土地，和一張地圖

不論外觀，留下的一切漸漸遠離，在距離外分解

＊＊＊

地圖的規模是一個乾涸的場域

在它上面
海岸很遠

而土壤發出乾燥的鳴響
龜裂

地圖的邊緣吊掛著
一場災難

＊＊＊

整夜的暴風雨圍繞著乾涸的一點
但不觸碰它

從睡眠開始以及這許多夜晚之後
緊張的熱情留下
脆裂的身體

早晨，甚至靜默之中
再也沒有什麼是完滿的了

＊＊＊

在熱浪
在熱狂之中
肋骨綻裂開來

年輕樹木的樹皮下
蟋蟀似乎為一場緘默不語的啓示錄
嘶鳴著

＊＊＊

地圖的末端
一座大規模的採石場
一個岩石的空心

她呼吸著粉塵
中毒於四處著火的土地

她舉起一塊石頭，放下

在每個動作間
無法挽回的距離逐漸增長

＊＊＊

她不再活動

地圖折起來再打開
塵埃落定

沒有空氣

呼吸困難就像無法容忍的刺耳噪音

一個尖鑽鑽入耳朵
呼吸漸短
懸浮在地圖邊緣

＊＊＊

手握住頸部
樹葉的沙鳴樹葉破裂的聲音

所有的聲音都撕裂了
甚至
滾燙草原上
鳥類的祕會

＊＊＊

她苦澀等待的身體

一根線或一首悼歌守衛著
懸吊的災難

地圖循著乾涸的它的刃嶺
非常遠處
是海岸健忘的曲線

＊＊＊

什麼也不落下什麼也不降臨

海岸停留在相等的距離

過渡中身體或其他什麼東西斷裂了

一塊
在漁獵中被切碎
另一塊
在樹脂的影子裡
吶喊

或不再說話

＊＊＊

圍繞著她曝曬的臉龐
樹木一邊警告
一邊逃竄

土地也蠢動著
迴響

圍繞著她的臉龐粉筆般的沉默
既不休息也不停歇

＊＊＊

乾涸
大地燃燒著一股悲傷但不碎弱的狂熱
以一股記憶著原初傷痕的
暴力

如同熱油原初的傷痕煽動著火焰的底部

＊＊＊

直到領土的邊界
火焰讓樹林燃燒
奮力摧殘啞然已久的身軀

碎裂石塊的龜裂聲

壓抑著牲畜的警報

＊＊＊

以致一整天火的身軀都是黑色的

＊＊＊

2. 空氣

……折疊，再折疊而永不止息……
——迪諾．侃帕納

風吹了
它讓澀塵飛舞

黑色身軀的火焰繼續燃燒
有時一隻手掉下

風吹過
風突然來到
像陌生人在深夜的房間撞到傢俱

靜默中的巨大聲響
她大喊「誰在哪？」

＊＊＊

空氣一再飄過地圖
每一眨眼地圖的規模都在改變

快速得像一個萬花筒
她增加與縮短距離
讓線條彎曲
驚訝地凝視

＊＊＊

聲音也震動著

它們環繞並在耳邊嗡鳴

之後的一瞬
遙遠地
消失
聲音分解
在不清楚的空氣中轉動

＊＊＊

外面
桌子上
一個人在手臂末端攤開陽光的桌布

桌布在風底鼓漲開來

一陣狂笑，從喉嚨噴發出來

＊＊＊

她向前走
地圖在風中拍動

她想看看桌布，再聽一次笑聲

飢渴

乾涸的身體急蹉著

只一蹴
就到達桌邊

赤裸的石頭上，只放著刀子

＊＊＊

她貪痴地望著
葉片為她指出空氣的過道

黑色的火焰遠離或靠近

一切都靜止懸浮著

只有空氣在呼吸所及的距離

＊＊＊

伊蓮・葛侯 (Irène Gayraud)

1984 年出生於法國塞特（Sète)，索邦大學比較文學博士， 索邦大學詩獎得主。現任教法國國立亞眠大學。詩作發表於法國、 德國、墨西哥、加拿大等地詩刊，曾參與翻譯義大利詩人侃帕納 (Dino Campana) 全集。詩作《空氣，在呼吸的距離》 由法國小豆出版社 (Editions du petit pois) 發行單行本。另著有詩集《Voltes》（2016）和《缺水》（Point d'eau， 2017)。

詩兩首

法蒂瑪・羅德黎葛茲（Fátima Rodríguez）作

尉任之 譯

回歸

給版畫家瑪麗亞・蕾娜媞（Maria Renati）和她的女兒露拉，
以及她們回歸布宜諾斯艾利斯的遠行

前額不曾枯萎
和獨角獸的傷痕相比
連桌燈現在都顯得盲目了
她的欲望流淌著
神奇動物
靜默的血
馬戲團的馬駒
編鐘裡的小怪獸
血混著胸口的奶水
——意識流比語音學還頑强不服從——
奶水的淚滴進咖啡

回歸
不讓幻影變黃
保持它們原來的色調
孔雀綠日本綠
只有自己知道
如何保存遺忘不可靠的撫觸的
色彩
用刻刀挖鑿
淹沒在木板失落的溝槽

幻影
沒有脊樑的粗線條
歡樂的曲面
就像恆動的身體
手提的物件
放逐者
(2017)

＊＊＊

羅拉。回憶的昆蟲學

你 不 再 存 在

或 許 你 存 在
在 飛 蛾 翅 翼 的 生 命 中
折 起 來
打 開
服 從 ， 和 短 暫 的 掠 過
忠 誠 地 復 歸 地 心 引 力

拍 動 翅 翼

—— 粗 暴 的 風 將 地 心 引 力 擊 碎

振 動
並 陷 入
翅 翼 被 恭 維 所 鼓 脹
環 形 天 堂 的
囚徒
世人啊
無憂慮的
世人

弗洛雷斯和波摩內絲
再無法保護遲來的果實
沒有花冠
沒有豐盈的號角
也無法再讓它們湧出一綹繁茂的地錢草

——拍動
翅　　　　　　　　　　　　　　　　　　　　　　　翼

你　　　　　不　　　　　再　　　　　存　　　　　在
或　　　　　許　　　　　你　　　　　存　　　　　在
自　　己　　的　　方　　格　　紙　　的　　囚　　徒
你放上
幾筆漫不經心的塗鴉
笨拙
短瞬
連你自己接下來都無法理解

拍
動
翅
翼

一個輕盈，細小的人能做什麼
轉變順序
固執地，在符合規定的紙張上？

在字語的月球相位
焚燒翅翼
被文字堵住嘴巴

以及意義
失　　　血　　　過　　　多　　　的　　　書　　　寫
——選自《將被遺忘的瑣事》

配圖為 Maria Renati 版畫作品

法蒂瑪．羅德黎葛絲（Fátima Rodríguez)

詩人、學者、翻譯家。1961 年出生於西班牙加利西亞省 Pontedeume 市。以加利亞亞方言書寫的詩作發表於西班牙、墨西哥、法國等地，著有詩集《身體的黎明》（Amencida dos Corpos，2005）、《屬地的界線》（Límite de la propriedad，2006)、《大都會，嵌入這些城市的乳房》（Urbes. Do seo incarnal destas cidades，2008) 和《將被遺忘的瑣事》（Oblivionaria，2010)。現任法國西布列塔尼大學 (Université de Bretagne Occidental) 西班牙語及西班牙文學教授。

輯二：歪打正著

神思江海——所謂「淡江詩派」

◎趙衛民

案：淡江大學中文系專任教授趙衛民引筆道來所謂「淡江詩派」，串連歷屆淡江教師與校友，由《藍星》至《微光》；自榮譽校友洛夫至七年級生洪崇德，微觀「淡江詩派」跨越世代、流派與詩社，其文化底蘊的相對相形，和詩潮之傳承流匯可見的豐美沛然。（宜芬）

淡江詩派的誕生，有一道曲折蜿蜒的歷史。

淡水河流到河海交會處，突然有江面寥闊的感覺，故稱「淡江」。河望向海，那是河的沉思，故在河海匯流處，沛然成江。壯懷天下闊，觀音也選擇在河的對岸仰臥沉思，面對無窮浩瀚的星空。有山有海，有渡頭，這是淡江的地理哲學。至於要登上淡江大學的五虎崗，需有挑戰好漢坡的氣慨。

淡江大學可說是校園民歌的發源地，一九七〇年代曾在這裡孕育過比較文學的種子，前三年更在校園裡辦過德勒茲哲學會議，一六〇位專家學者與會。詩與哲學也在河海交會處。

我在一九九八年到淡江大學中文系專任教授。時任系主任的周彥文教授，與我同年、同月、同日生，又曾同在趙滋蕃老師門下，算是緣分。他想做點事，我建議他接辦《藍星詩刊》；他也慨然應允，並指派時任系助理的吳麗雯小姐全力協助。《藍星》詩刊同仁俱為詩壇名家，中文系接辦後改名《藍星詩學》，余光中教授名滿天下，仍請榮任發行人，他並以〈淡藍為美〉一文為復刊詞。

《藍星》同仁中已歿的前輩詩人有覃子豪和鄧禹平，我們以加框的方式紀念，仍列社務委員。其實創社元老還有詩壇三老之一的鍾鼎文，後來以氣氛不諧為由退出。評論家司徒衛教授亦常參與《藍星》早期聚會，請任編輯顧問。在社務委員中有方華、方明、王憲陽、天洛、向明、余光中、阮囊、吳望堯、周夢蝶、苦苓、夏菁、商略、張健、曹介直、黃用、蓉子、趙衛民、敻虹。其實羅智成早期亦屬《藍星》。本想藉此復刊擴大中壯輩陣容，故邀孫維民、唐捐擔任主編，另外請我彰化師範大學時期的學生吳東晟與淡江碩士生劉紋豪擔任執行編輯。一時陣容尚算壯盛，季刊三個月一期，每次推出一位同仁專刊，尚算受到矚目。就這樣出版了二十四期，每期二百頁，前後達六、七年，歷經四位系主任。

過幾年，有一位學校的孫姓上校教官來找我，帶來一位中文系學生洪崇德。孫教官帶來一篇自己的詩作〈鷹〉，說是當年參加比賽曾被我評為第一名，故而一直繫情新詩，知道洪崇德寫詩，鼓勵他創辦詩社，請我擔任創社的指導老師。他就這樣又催生了《微光詩刊》，洪崇德擔任首屆社長。

他辦事積極能幹，詩社辦得有聲有色。曾貴麟在高中時已出版詩集，擔任第二屆詩社社長，現在已是《風球》詩雜誌主編。到曹馭博時，已是第四屆社長。

新一代有新一代的視野，楊宗翰教授催生出「淡江詩派」，並在允晨出版社出版《淡江詩派的誕生》。一年級詩人中詩魔洛夫已成淡江大學榮譽校友，他約在一九七六年英文系畢業，他擔任《創世紀》詩刊總編輯多年。三年級詩人中尹玲擁有台灣大學及法國第七大學雙文學博士學位，在中文系任教多年，去年屆齡退休。她是《台灣詩學》季刊社同仁。我購買過莫愉翻譯的《梵樂希詩文集》、《法國二十世紀詩選》等，不知他是法文系畢業。他曾任《笠詩刊》主編。在四年級詩人中，夏婉雲在中文系念博士班學位，當時居然旁聽我開在大學部的「現代詩及習作」課程，還幫我維持教室秩序。既然是同輩，只能算切磋。李瑞騰是我文化大學時中文系學長，在淡江大學中文系曾任教五年，後又曾擔任台灣文學館館長。他是《台灣詩學》季刊社同仁。至於我，早年以長詩「夸父追日」等在詩壇嶄露頭角，在淡江中文系教現代詩二十年，擔任過《藍星詩學》主編六、七年。林盛彬在西班牙馬德里大學得文學博士，在西班牙語系任教，居然又到中文系念博士學位，並旁聽我在大學部開設的「老子」、「莊子」課程，坐正中第一排勤抄筆記。此人好學過人，取得博士學位後又藉交換學者之便，到法國取得文學博士學位。

五年級詩人中，方群是淡江中文系畢業的，他成名甚早，我剛到聯合報副刊沒幾年就建議採用過他的詩作。現在亦是教授，也擔過《台灣詩學》季刊主編。至於曾志誠，較晚念中文系，曾與六年級詩人陳先馳、丁威仁在校內籌組「拓詩社」。丁威仁現在已是新竹教育大學中文系副教授，據他說大一時聽過我開設的「思想方法」一課，至於「現代詩」當時是開設在夜間部。我當時雖已完成海德格研究，存有學的研究方法如何教呢？看來他們三位都是我「毀」（不是誨）人不倦的範例，只是他們能從毀滅中再造。現在想來，當時直接教儒家、道家、佛家也較好些。至於楊宗翰，是我在文化大學中文系文藝組的學弟，壁畫能力超强，他是《台灣詩學》季刊社同仁。《藍星》、《創世紀》和《笠》為三大詩社，《台灣詩學》是後起之秀，淡江詩派則聯結了這幾大詩社與淡江大學的緣分。七年級詩人中王慈憶在國家文化藝術基金會任職，或應聽過我的現代詩課。

當然還有漏網之魚。我在淡江大學城區部教現代詩時，文化大學（美術系）的學弟黃智溶赫然在座。既屬同輩，仍係切磋。他本已是名詩人，凝聚了一批宜蘭詩友在永康街聚會，楊澤時來參加藝文活動。黃智溶帶我領略了永康街的藝文風情，例如參觀由空姐轉為畫家的畫展後，在寒流的街上品嘗招待的烤羊肉。至今難忘。他現在擔任《歪仔歪》詩社社長，楊澤與我都受邀為社務顧問。《藍星》的方明後來在中文系念碩士學位，當時曾相與往還，後來他又跨足《創世紀》詩社。田運良在中文系念博士學位，本請我擔任指導教授，我後來因事推辭，他尚「在學」。這三位都是四年級生中的成名詩人。

七年級生詩人中未收洪崇德，係因他還在念碩士學位，怕引起在學生的比較。其實洪崇德甚為活躍，常與風球詩社互相支援活動，而且又是《微光》詩社的催生者。他的詩才頗受矚目，近年淡江的詩潮澎湃，他居功厥偉，真有遺珠之憾。

輯四・・在地發聲

黃有卿，20歲，筆名ＹＣ、羕米。政治大學公共行政系三年級，輔系哲學，現職作文批改。宜蘭人，住過南澳、宜蘭市，現每周往返台北與頭城。曾任家教、課輔老師與作詞人，曾獲一些獎。

分鏡

時光未落
壁癌繁衍，啪滋啪滋
某種無以名狀海嘯般湮沒

風在身上塑不了型
極其小心踏過斑駁的水窪
每單位雨穿透

將心剜出熬湯好否
熱氣蒸騰，暖化後冬日如夏
觸覺長眠雪中

吞一把足以永亙的安眠藥
針葉林慢慢噬沒
耶穌像被酸雨褻吻得透徹

為灰色的季節寫墓誌銘
每個追求永遠的片刻
時光淋漓落盡

掬起靈魂碎骸

輯四
在地發聲

一列沒有終點的列車輾過
雲尾揚長，而去

未果

燈下煮字
蒸騰的都化成麻煙
比暈眩還清醒是十一月

胃酸緩緩攀上咽喉
遠遠地，纜車在近視眼下模糊接近。分離
海的跫音殘存些許

象牙色，山禿一片
鬢角雪白下著。
景物靜止。惟一棵沒有名字的樹自得其樂地猖狂
可誰又是真的沒有名字

一列巨獸攆起蝴蝶
點雲狀似烏龜爬不過另個山頭
蒸發不了的倦意：免費。

痕跡遍布
狠狠摔開指甲斷裂
待冷風放肆賞我幾個巴掌
年輪顏色就會改變

將心剜下來曝曬。寂寞未乾
斑駁牆身，子宮壁嗶嗶剝剝
揀個蕈類開花的時間愛我好否？

彌留之際
月是波光，鳥兒睡在海葵臂彎裡
靜謐地只讀懂第一人稱
潛意識勾芡

小花蔓澤蘭爬滿了你的瞳孔
沿著書頁
踩拓我泣血的夢

白雲蒼狗

心悸。星期四早晨
一個人神遊教室外
杯裡拿鐵與奶泡，不要攪拌……
一座大山傾倒，頹圮成殘丘
你以為所以武裝都被細菌分解
逸散空中
草原上有雨的味道

打傘路過街角。
（巷弄、招牌、野苔）
單車劃過路面，波紋打碎鏡緣
壞的是誰？
散落水珠再拼不出那年夏天圖書館的下午：
（光、葉脈、生命）
窗前伸懶腰一盆黃金葛
樹蔭下歇著的老狗，金黃倦意
灑
落
（腳尖、指緣、肩胛）
以觸覺書寫時間，時間太遠

眨眼。你在哪邊？

空間裏藍的只剩雲氣掠過
你說過這是蒼狗。

冷冷

昨夜的星辰和魚骨一齊熬成湯
那是今日下雨之因
右腳掌被蚊蚋偷噬了幾口
都癢到心上了

咽喉卡著一個嗝出不來
指甲輾過蚊蚋撒野處
感性是冷的，胃酸過熱
下一秒你會不會在空氣中蒸騰

這樣的午後是靜好的
作為一隻彌留中的蝻蜥
終於懂得放下
死去是更好的

切莫把公式套用在我身上
教育是劣等的、道德是假的
雨中大口大口承載著硫化物才是真的
投胎，卻無法成為舊石器時代的人

既然如此，就附在石器上吧

輯四

在地發聲

端坐一框充滿指紋的玻璃櫃中
冷冷地看著接二連三的人
沒有靈魂。

逃離

（若能暫時逃離台北……）

南方的陽光比女子艷麗
你說熱得很
想像在夕遊出張所掬一把十月十九日的彩鹽
一片荒蕪中長出了太陽

遠遠的，遠遠的南方
作為一艘需要停泊的船
一船被熬煮入棺材板的魚
如果相擁著，一齊倒數死訊

你穿著記憶中的黑色短T
吸收從台北飛來的粉塵、憂鬱
多想化為細胞成為你的右臂

散落樹蔭下的粼粼白光
將你笑容拾集
縫上窗簾，捨不得拉開

二胡咿咿啞啞整個午後

一張實木板凳。長長人影
倘若能慢慢終老……
赤崁樓知道，麻雀躍過春分

若能剪卻：幾紙報告、幾吋雨絲、幾株胸悶
幾許誰的呢喃總撩撥著我
遠遠的南方

（星期三下午
作為一條失鱗的魚。我已然
溺斃於輕輕的
輕輕的雨季裡）

輯五：社員作品

長城與青塚

黃智溶二首

當歷史向她拋出了
一節細小的絲線
她機警的抓住了

42 歲的皇帝
齒搖髮落
太醫每天頻繁進出
搖頭　嘆息

留在宮中
早已沒有任何指望
每天看到的只有
在銅鏡裡逐漸長出斑駁的青苔
20 歲的青春

呼和浩特的土地
將永遠記住了一位柔弱的女子
曾經大膽的踏出一步

她主動提出
擔任一齣歷史劇的女主角

也是唯一的

大漢天子夜晚終能平安入睡
躺在那巨大空曠的陵寢中

宮女王嫱柔弱的身體
已經代替了堅硬的萬里長城
奮死抵抗匈奴

宰相府的晚宴

今夜　年輕風流的皇帝
沒有回到他薰滿奇香的寢宮

他微服出巡　偷偷地
走到宰相府　觀看
每晚固定的宴會

樂伎、歌伎、舞孃
她們輪流上場
也輪流下場

喔！不是的
他們並不快樂

眼神空洞　虛無
酒酣耳熱之際依然鬱鬱寡歡
與其說是在舉辦宴會
不如說是在耐心的等待

宰相一個人孤獨的端坐屏風後的矮榻上
手中握著筆

若有所思

他在思索些甚麼呢
一闕豔麗的詞
還是一篇文章
關於等待

關於北方的敵人兵臨城下時
他的降書修辭
如何不卑不亢

或許他也曾經想到
在歷史上留下美名
草檄一篇慷慨激昂的戰書
「先帝慮 漢賊不兩立」

零雨三首

地平線

每天畫下，一條地平線
注水，磨墨。早上第一件事

飯是糙米飯。菜則一定要有胡蘿蔔
或番茄。紅色讓心臟啓動

一邊放出一隻純尾小狼毫。從黃帝開始蘸墨
一路敘述，直到夏本紀

其中疑惑甚多。但我的小狼毫不處理
疑惑，只處理橫豎——

起筆是否有力，結尾是否迴峰，點捺是否
形成三角洲

我的宣紙，圍起來的版圖，是否肥沃、圓熟
適合人居。適合等到周公出現

發明了井田制度大規模
改造了上古的人文和地文

水文則是夏禹早就處理好的
夏本紀筆筆贊美夏禹的偉大

有一條地平線則更早，靠黃帝打好底
魃、應龍，天上地下，都來相助
把那條線拉得又直，又遠

遠到我一邊吃飯，一邊跟著打江山
——紙上風雲，愈打愈餓
只好用我的小狼毫，繼續填飽早上

因為不處理疑惑
我的小狼毫橫豎
就有了點意思

致王蒙

1

把十四世紀鋪在前面——

在那根酒旗下
我用一匹五花駿馬
交換了這隻跋涉的驢子

牠馱來
一段迂迴的山路
一座遙遠的山顛
牠馱來
一條湧動的瀑布

暗色的琴
忠心的僕人
都等在那裏

炊煙，像一個信號
從樸素的茅廬升起

我是醒了還是
依然酩酊

竟要獨自前往
你讀書的窈穴
你繪畫的密林

2

暗赭色的草澤——
秋天。依然蔥綠的芭蕉

還有——
幾座茅廬，亭台
幾座山巒，小徑。還有——
走上坡路的毛驢，以及牠
幽默的苦笑

彈琴的你。瀑布開始流動
另一個你。從另一座山悠然
前來。以為世上不會再有
第二個人——

如神明一般

將這山水震動

那是我。時時撥著
幾根古代的弦子
拉開一幅長卷——

於是
我的瀑布
就流向了你的

南泉斬貓，趙州下山

1
他說
我把那隻貓斬掉了
兩邊的人馬各自回到廂房

他說
我把最髒的那雙鞋
放在頭上了
獨自一人下山

我扛著最美的靈魂
走下坡路
走上坡路

最美，應是最輕最快的
死亡——

最珠圓最玉潤的琴的
彈奏——
沒有止息——

最幽微的鳴叫
在路上
在風景中

2
我延長了死亡的憂傷？
沒有死，還沒有。真相是——
我頂著沾過泥的草鞋
走過人世的柵欄
——那些為死亡而爭吵的人
——都在柵欄裡面
見證一具肉體靈柩
容納一切人世的敗德
——不美、不善、不淨
緩緩移動，下山
重新返回人世

劉三變三首

無常

綻放的枯萎
臭氣的芳香……

鬍子刮了又生
指甲剪短了又長
牙齒堅硬的蛀蝕了

陽光晴朗的細雨綿綿
藍天白雲的烏雲密佈

瘦瘦的胖了
矮矮的高了

皮膚緊實的鬆弛了
力道强勁的無力了
肉體温温的冰冷了

生了老了病了衰竭的走了
呼吸了不呼吸
人生不停排演著無常
不停排演著叫我們不能傷心的正常的無常

上邪

我不會離開妳　除非
魚都在天空飛
鳥都在深海游
夜晚出現太陽
白晝一片漆黑
麻鈴薯生在樹上
土裡能挖到葡萄
雪的溫度是熱的
火會令人感到寒冷
河都往高處流
石頭能在水上浮　我才敢
離開妳

感傷總在夜裡獨立作業

雨天　濕氣過重
天空有點失調

聽聞有人憂鬱離逝
悲傷從四方圍了過來
再次勾起我失去妳的憂傷

喜悅會停留但又隨即離開
悲傷會停留卻有點不想走

舊的悲傷有新的哀愁
哀愁總是乘載著對妳的思念

靜默中有孤寂的喧騰
感傷總在夜裡獨立作業

無需別人提起妳讓我傷心
想起妳自然是淚流的雨季

眼眶　濕氣瀰漫
心情又開始下雨

張繼琳短詩十首

好景不常

好景不常這句話我說過
最近一兩年說的特別多
這句話算是好言相慰
但說出來就是遺憾感嘆
誰都無法阻擋這種事實的揭穿

奉命行事

至於奉命行事這句話
似乎有逼不得已的無奈
讓我想到
就是殺頭的意思

靈感

飛碟著陸
昆蟲安然無恙
草地卻是全部燒焦

外星人內部會議

我告訴你
地球人仍以沙包　石頭
當作防禦工事
你怎能請求地球人
支援這場星際大戰

歲月痕跡

觀賞一座古蹟廢墟
為證明時間的存在
我踢了踢
地面的瓦礫

日子加上日子

陽光下
清晰的摺痕
凡塵俗世
將我們慢性
折磨致死

文化部長

文化部長應該焦急
在空軍已找不到
創作小王子
作家兼飛行員
像聖修伯里的這號人物了

考古學家

身為考古學家
我卻從未去過中國與埃及
我只是在大英博物館查閱資料
在溼冷的倫敦旅行

參觀訪問
公立的學校

光頭的魅力

那個男人
頂個大光頭
不知下定什麼決心
或是與誰對賭輸了
那個男人
似乎對光頭很滿意
總是習慣摸了又摸
又像搔到癢處

一天

老覺得今天
做什麼事都無法置身事外
生活也一直未獲改善
終於我忍不住

輯五
社員作品

把頭往外一伸
朝凌亂的人群大喊
他媽的……
請排隊

曹尼二首

與摩天輪結婚

順時針結契
六點鐘方向
底層陰影
包廂座位
還可容納兩位證人
採書面形式

九點鐘方向
外圈離心力——
「深愛彼此嗎？」
「祂愛世人。」
六彩霓虹
在夜的內圈閃耀

追逐至高點
緩緩升到十二點鐘
眺望遠方大樓
內有戶政機關
外有一片雲緊緊
握住另一片雲

如果不擁抱
軌跡如常
放牧風聲穿越
生鏽的骨架
此刻需要速度
何不三點鐘

圓心裂出縫
保持微微傾斜
恐懼下降
來對我生命啓示
你願意嗎？
日復一日告別
再一輪沉默

※護家盟秘書長張守一在立院公聽會上，質疑如果同性戀婚姻是可以的，那國外有人想跟摩天輪結婚可以嗎？

一陣風——致52號

你是否也想成為一陣風
將眼瞳吹越草皮上？
將紅土推向寧靜？
並在天際間
接住迷失的野鳶？

有時你得面對影子
默默地任憑
陽光穿透傷退的腰際
有時又得面對記憶
像堵牆無空隙

如果我們的黃昏
被埋沒在失速的滑壘
木棒與空氣
又一聲追擊
四柱水銀燈熄
你從休息區走向外野
跟著黑冠麻鷺
啄食靜寂

地球依舊旋轉
北迴縫線中
再一個眼神交會
是否你或者你
也想成為一陣風？

※ 陳金鋒（1977-），第一位在美國職棒大聯盟出賽的臺灣選手，曾爲中華成棒代表隊主力，2016年9月18日於中華職棒引退，球衣背號52號。

愛妳的原因

甘子建二首

親愛的老婆
真不敢想
如果有一天
也像妳這樣懷孕了
我會多麼辛苦
也會多麼偉大

因為在我心中
妳比神更神
因為神只讓世界誕生
妳卻讓乖乖誕生

所以這就是為什麼
我會越來越愛妳

寫給即將誕生的乖乖

起先是妳的哭聲
誕生 在這個新世界
再來是妳
最後才是妳的爸媽
緊接在妳後面 誕生

所以請互相包容擔待
抱妳會緊張
奶瓶會翻倒
尿布包不好
也是應該的
因為我啊
學當爸爸的年紀
和妳一樣小喔

所以 乖乖
請用彼此的愛
多多指教

柯蘿緹詩六首

異國感冒

我捧著馬克杯站在走廊
面對一片黑暗，身後門開敞
杯子沉且熱，電視機聲響
家鄉的鼻音濃厚
那頹勢看來無可挽回
我支持的球隊，鬱鬱寡歡

苦啊，細辛還是白芷
我飽經摧殘的舌
許久不識此味
炒蒼耳子、蘆根或石菖蒲
當晚睡不再成為一種
無可自拔的習慣
任藥名單調，都令人癡醉
一如辦公室每日相見
卻從不與你招呼的女子
苦啊，何以潛伏總是雌

桔梗復荊芥，羌活人不活
我支持的球隊依然
遲遲得不了分，試圖

輯五
社員作品

振作，力求完美的防風
期待八局孟冬的守勢
能法半夏三分温暖，期待
來日能如江上波紋聚歛
規律，並且簡單

如果你們想來找我

如果你們想來找我
首先要穿白襯衫和水藍色夾克
在東北季風中騎二手鐵馬
跨越蘭陽溪，讓藏青色西裝褲
因冬雨濕冷黏覆在大腿內側
和皺摺落漆的皮鞋上

如果你們想來找我
或許找一個失意的下午，經由西濱
迎著台十三線的海風，不管後座超重
不管行李，即將掉落在途中
不管台灣文學史是否左傾
就來，見了面就走

如果你們想來找我
必須穿過中央山脈
才能抵達傳說中，木瓜山腳
父親白馬翩翩的童年
弟弟在那裡，姊姊在那裡
水脈與血脈都來自那裡

如果你們想來找我
請搭乘深夜紅眼班機
度過冷鋒度不過的巴士海峽
踏上馬尼拉斯土的狂與熱
與致命的性與死共舞
真誠的善與惡比鄰

如果你們想來找我
想逃離一座島的束縛
當饅頭就要數完
來到圍城前夕
當你們渴望下雪
我會在那裡

如果你們想來找我
無論江邊的流水急緩
無論誰是否因生活型態
變得勢利，或者俗氣
如果你們想來找我
只要先打個電話

除非是加班
或者睡死
否則我一定在

最好的天氣

這是離別前夕
最好的天氣
綠葉比平常還綠
人心比昨天還近

雖非所有交會
都足以臻至完滿
一如岸邊月色
偶而也蒙上點霜

江上之雲
再怎樣經歷風吹
聚斂後仍會是
原本的質地，好比

一隻螞蚱蹲坐穗緣
思考後，小腿蹬壓禾稈
輕輕躍下，落入你
晴雨不輟的足跡

南竿

我在這個世界
應該要怎麼生活
以天下為己任還是
以你為己任，還是
以路邊可愛野狗為己任

世界每千分之一秒都在變
但老雜貨店賣的糖果
香煙與舒跑不會變

海潮是硬的，破碎而強韌
我的心是軟的，無能憑依

我想擁有一個寶貝
感覺非常奢望
有時又不見得那麼想

此刻我的心底澄澈透明
也許並非那樣

多肉植物

非典型白晝
靜美的小花朵
你是一株沙漠裡
多肉的植物
視冷，不容親近
猶如蜃樓虛構
渾圓軀體下
水份充滿
每個濕潤的半夜
悄悄與光進行
激烈的交合

時光，經過
令你渴望枝葉
令你開始分泌
愛的汁液，將旱土
澆成肥沃的領土
搖曳的姿態，多麼飽滿
毋須顧慮，他人的目耳
所有夢和囈語
都化做綠洲，滲入地表

成為即將噴發，永恆的
騷動的真理

你身體上的刺，習慣
囓咬深銅色肌膚
像爆發的生長速度
衝出維管束
徹底淹沒我
成為

一片奔騰的海

妮可馬嘶

嗚嗡哦啊……

燥熱天際的午後奔雷
比愛人嚼耳還近

雨將砸在妮可馬嘶
這燥熱的土地
Sibusgali，掀起
棕櫚色蒸氣
時間悠緩如
小貓攀跳木屋外牆
羞怯而張狂
但認得餵食者
小腿上嶄新刺青

雨砸在妮可馬斯
燥熱的土地，砸在
妮可馬斯
鐵灰色的屋頂
玻璃瓶、鋁罐散落牆角
啤酒這廝貴如金條

輯五
社員作品

果果四首

泥濘

喝著劣質咖啡，在這鬼也流汗的地方
窗外剛下了一場熱帶雨
將我的邪惡淋出形狀

撐傘走在這座城市中
陌生的語言
聲調還持續
下在周遭，水花呢喃上揚
濺起許多不知道的
意義，不知道的
髒話與路線，載送許多不堪回首的過往
到大蜥蜴吐蛇信的大道上

要去監獄嗎，這條路筆直延伸
向更辣的落日與食物更酸的邊境

日子走到這一天
掙生活的小腿沾了土屑
拖鞋為避開水窪又踩進另個泥濘

請不要和我討論未來

活在這時刻的你好嗎
累了的眼皮還想撐開世界的黑暗
是啊，看不到星星
卻見到夢想殞落在山頭
那是大家紛紛丟棄的意志力

該出現的都懶得出現
夜幕變得空虛了
少一些鋼架
越來越軟的介面
安分系統又很多人使用
（所以競爭力衰退了？）
反正大家都知道彼此在哪裡

生日願望

一個人騎車經過一條溪
好幾座山脈和一座斜張橋
來到溫度升高的早餐店
吃口吐司看早報
麻雀站一排
從昨天延續過來
複製了上星期的招牌與大型賣屋廣告
還想擁有一輛房車卻知道
其實這天與平日一樣

一閃而過的小念頭
與撞上安全帽面罩的蝴蝶
與從昨晚星空中滴下來的流星
一樣都被翻譯成願望

我們忽略的和忽略我們的世界

樹身上開的花好香
我們記得了嗎

山中藏的羌很膽小
我們見過嗎

稻田裡的綠很純
我們對此有紛爭嗎

島上的秘密很多
我們都被看透了嗎

陽台上的鴿子是同一隻
我們發現了嗎

都市裡的病很媒體
我們被傳染了嗎

楊書軒三首

無花果

毛髮
輕輕扭動
感到黑螞蟻
搔癢樹枝的小手臂
天牛用其觸角，光波傳遞
一座樂活城市的 GPS

我們也離開環環相扣的網絡，好嗎？
滾落莖脈的溜滑梯
享受露水浸浴

像往昔，你可以光著臀部
乳房挺向你的小野人
我將竄出無人知曉的獸毛
甩動胯下的球果
為你燃起一身的
火焰之詩

也許樹上的生活
更適合我們
更適合我們不被目光

定格的家屋……

我喜歡你
不僅僅因為你是你
更因為你超越了你而成為枝繁葉茂的你
我也是這樣的成為土
供輸你的根，讓水源湧向
你舒張的心臟

無花的焦點
讓一波波的甜度
往內部沉澱

我們也離開
圈束我們的小果園好嗎？

我們寫出詩的夢想後，把詩拋開
因為出發時再也不需要

遠方的無花果樹，飽滿明亮
在我們的身體之內
迎向慾望與追憶
和正在飄落中的雨水

群

來了，來了鼠族首領
竟使牠底下的熊們
嘴巴都變尖

給我詩意奔放的青春

1

河流又把光線帶出靈魂地帶

醒來後我看見　那位白目的補習老師
又再大談政治正確，如果我是羅賓漢
朝他的胸口射上一箭

我還會像鳥人，躍出窗口
坐上雲的肩膀一路回鄉

偏偏我只能
畫一匹野狼，想著前排的捲髮妹

多美好，抱緊點，我們會從淡水騎往金山
海水將聚集一身的光芒在她回眸中

哦再抱緊點，我們的引擎騎入兩晚水澤也毫無損傷

冷空氣呼呼大睡
一臉落榜的人在夢中也會想起一間炸雞天堂

一張鳥嘴的班主任
又在吹噓他的解題飛行　隨他們去嗶嗶
我寫下「鏡子就是——即使你破裂的在她面前
你會復原的」

然而這時代的臉孔多麼善變
你睜開眼　已是另一張臉龐

2

上了大學的P，我看見誰牽著她的手
閃過，我們沒有什麼

阿霸那群流氓已騎上小綿羊，到墾丁民宿打工
說什麼比基尼辣媽，我聽你在喇叭

「我們該離去嗎」「遠離他們說的
去追尋他們說不出來的」「走吧」

我會夢見　黎明馱著我　飛越海岬的最高端
夢谷就在前方　誰來給我種子　誰來給我火光

蜘蛛人盪來盪去，在一百層樓高的檯燈下

毫不在意我嘴裡的强風
如何吹刮過

彷彿詩也是我的蛛網　帶我盪過
夢的碎屑玻璃、歷史叢林，引導我

具備《山海經》那樣大河環繞的胸懷
去容納得下這時代的妖怪

3

河床露出根部，身體一點點蒸發時
浸入這條河吧，湧上來，讓樹枝竄出胸口

而我的心　將敏感的像花一樣
這就是我捧給你的花束

我還會成為那樣一盞燈
想發光就發光，即使轉開我
我不想，也不會亮

我不愛說話，我羞澀，我是多聲部的獨白
聲音穿過什麼，就喚醒什麼

我是疼痛、我是鏡子、我是「管你的」

我還是最後一名指定打席，你知道
這時代的好球帶並不寬
但攻擊火力强大

嘿　讓他們說我廢吧
我們是一塊實力派的廢鐵

晚安　我帶著前往夢中旅行的詩集
順著河水把光線流入靈魂中

我們同意與不被同意的事

詹明杰三首

有了紅包
才算新年
有了裱框
才稱畫件
有了項圈
才屬家犬

投上副刊那首詩

有份報紙被送到書法練習者家裡
用來練習臨摹
詩被墨跡隨機塗掉幾個字後
讀起來
成為一首更好的詩

有份報紙被送到學校
擦窗戶女生猶豫要撕哪張來擦
最終我的詩能在玻璃上來回擦拭汙點
讓人感覺美好
畢竟大家記憶裡的
沒那麼好去除

用希

——伯夷叔齊 不念舊惡 怨是用希《論語・公冶長》

九月陽光帶著點衰弱的氣味
行人如往常街上走著
甜柿盛產的季節
在傍晚下起了暴雨
蝸牛們誤認世界已然潮濕
爬上不屬於他們的馬路
他們極少數倖存走到對街
有些碎裂　更多沒說的章節
被小說家以晦澀象徵代入
看不出結局的人離開
留下一知半解的蟬漸漸收聲

蒂頭只留下一小截
妳走入夜間九點四十分
出聲啼哭的人家待了下來
一些嘟囔絮絮扎入牆壁的裂縫
長出新生的毛髮
發展新生的骨骼
露出與父母相似的微笑

據說看過的人
都開始厭惡陽光透入
空氣中塵絮飛舞的樣子

輯五
社員作品

吳緯婷四首

龜山

繞過又一座山脈
抵達歲月生長的午後

也許像一只沙漏
將人生無數次地
倒轉過來
降下同樣的沙
同樣的海
又鹹、又苦
又甜

也許我們都曾擁有同樣的潮水
浪花的心情
而你始終在我面前
似笑非笑的眼睛

涉水

——歪仔歪橋

如果心
終究隨你而去
我說
不要那麼輕易

因為你還沒看過那樣的雨水
彌天蓋地
一次又一次
漫長的雨季
在我的血液裡
生生不息

但如果你已經準備好
涉入藍色的流域
體會屬於泉水的
溫柔與堅毅

你將聽見風
不要驚異

輯五
社員作品

一排水鳥振翅飛起
那是預藏的訊息

冬季降臨之前，請懷抱日光
向我燦燦走來
如同一束青綠的藤蔓
越過橋梁

在那片銀白色的芒花後面
有顆極安靜的種子
上面寫著
我的名字

※ 歪仔歪（Waizaiwai），噶瑪蘭族社名，語意「藤蔓」。

雪山隧道
——致5月11日凌晨

橋埋入山裡，就是隧道。

我們小心翼翼
鑽洞不取火
緩緩地切割，如同處理一條
昨日牙痛的神經

我們竊取速度
與時間同夥
以蛀蟲的毅力，一口一口
啃食幽暗深遠的山脈，前方有蜜

雪山，雪山
我沉默而黝黑的美人
四稜砂岩、六處斷層
不過是她欲拒還迎的試探

終於，她用全身力氣
將水吐盡

石壁之中，湧現銀白的浪濤
她為我揚起
一整片燈光的海洋

我彷彿看見你
數年之後
吞下另一口冷氣孔前
徐徐涼去的咖啡
收聽廣播電台音樂，以打盹為節拍
像雪山裡不斷震動的
風中葉片

在漫長而接連不已的
燈之海中
你打著呵欠，忽略窗外隧道仍隱約迴響的
我最後一句留言：

快走——，快走。

※雪山隧道工期長達15年，2001年5月11日凌晨突遇抽坍，工地主任林子益疏散工人，所有人順利脱困，林子益殉職。

Baisin 之歌

最近土地瘋長
就是不長
所需要的東西

這一季播種
長出死貓
下一季播種
長出野狗的屍骸

Malin 啊 Baisin
惡靈出沒的
不潔之地

界碑走動
山水逆流
在不知道的地方
趕千里路

不要再搭起一座橋
不要再倒下一棵樹
黑暗裡升起

無數的眼睛

Malin 啊 Baisin
昏聵的衆星
紊亂流光之地

平原之人，消失在平原之上
在自己家裡
蓋上手印
甘願為憑

Malin 啊 Baisin
太陽依舊升起在
南方之地

※漢人拓墾蘭陽平原，以武力或利用風俗巧取土地，噶瑪蘭族因此逐漸遷徙花東。如於夜間挪移界碑；或放置貓狗屍體，噶瑪蘭人相信有屍體的土地是惡靈汙染之地（稱之爲 Malin 或 Baisin），便自動放棄。

這個城市的時間是趨向自己的一個圓

鍾宜芬二首

這個城市的時間是趨向自己的一個圓
重複它，完全準確的
多半時候，市民的脖子上戴著手錶
看不見的時間
說出來，或許還能稱得上禮貌

菜販不知道會一談再談同樣的價錢
政客不知道將無數次對著台下叫囂
一隻沿著水槽邊緣爬行的螞蟻不知它終會爬回起點
這些人並不比螞蟻知道的更多

這個城市的時間是趨向自己的一個圓
城裡總有些人
夢中模糊知道一切在過去曾經發生
每述說一個夢
石頭便從天上掉落
敲打一下夢
夢的碎片是麵包做的

麵包屑飄落
墜下另一顆石頭

這個城市的時間是趨向自己的一個圓
窗戶把大地獄分成
一座座小地獄
受詛咒的市民出城得帶上，完整的蛋殼
覺得自己特別善良
跨過馬特的秤*
到鏡子昇起的遠方

※馬特（Maat）的秤：馬特（Maat）係古埃及眞理和正義女神。埃及《死者之書》中，人死後，前往天堂的路程需受阿努比斯審判，秤量心臟的重量，天秤一端放著死者的心臟，另一端放著馬特的雕像或其象徵的鴕鳥羽毛作爲砝碼。若心臟比羽毛輕或等重，說明死者無罪；反之則說明有罪。

神將與你同行

假設，只是假設
明天過後
神將與你同行

我們緊緊擁抱，試圖
從對方的身體裡採集陽光
錄下摩天輪轉動的聲音
在雨天埋到土裡

等待下一波口水淹沒
白色碑文
考考妣妣
這場完美的告別式
途中，記得向一群帶雨的靈魂
撒上彩虹

啊，別忘了
假如你生氣
神將與你同行

一靈四首

靜謐時光裡臨酒即興

——於玉溪有容馮朝霖新作發表聽黃培育

我開口一曲
就是黃粱夢

時光租界，生活的逸軌
有妳的暫時間
純粹地愛戀，純粹地咀嚼
字句，妳說話的口形
不涉及體液與主權

這時間，這樣活著
樹立於生命的臨界
空中有氣流煽動
枝葉口哨，我清晰聽見
「活著，就是口渴。」

天冷而凝結，這時間
一顆玫瑰色的酒珠。這露：
記憶的暗室——

即便世界對你投以輕薄的光彩
我不願張眼
在酒滴的內面我仍能臨摹妳美麗的側臉

那時間，妳燈下叼菸手握酒杯
指尖，觸腮
世界按下暫停鍵
我彷彿見到筆尖
在新嫩的頁面上書寫
我既輕且慢但心專
解讀其中的意涵

陪太座唱歌丈母娘忘詞有詩

之一

約定舉行一整年的演唱會
花季卻沒有開口
長大這條路挑戰真的很多
嫁衣不是人人穿得上
不見得有人能叫你一聲爹
一生就是這樣難免有失夢的睡眠
必斷的項鍊
說好了不見不散
天這般黑而且停電

之二

這支舞可不可以這樣就好
已到天涯海角
懸岸邊

偕妻及丈母娘就診有詩

1.掛號陪讀有感

伴著丈母娘上醫院
週一早上這世界
是這樣，總這樣
人來人往像市場
像車站
有事的他排隊
無聊的我排隊

老人撥著唸珠的姿態我端詳
蔥指如星點，一聲聲
（年輕時是美人吧）
——南無阿彌陀佛
——南無觀世音菩薩
眼前眾生點點我數算
——南無阿彌陀佛
——南無觀世音菩薩

2.候診午後有光

輯五
社員作品

青春，舉重若輕
那些歡愉，無盡亦無禁地
燦爛抵達
小小的死

此刻，夏日的末尾
魔幻的光線溫柔地充滿時間
細緻了物的輪廓
我的知見
每行深情的輕描淡寫——
一場場隆重捨離的祭典

陪丈母娘與太座逛超市有詩

婚前那輕輕美麗微微可愛的女孩在結帳櫃檯旁發亮
是我女友該多好
婚後那輕輕美麗微微可愛的女孩在結帳櫃檯旁發亮
是我女兒該多好

輯六：邀請詩作

森林的盡頭

劉克襄

走往森林的路只剩一條
怎知，終點了
仍是那座城市

如果回頭，還來得及
最後的殘山剩水一定容得下我
人生的餘命
可以換取的一定是這些
這輩子一直是如此
今後也可以是這樣

但我稍微停頓，想了想
決定繼續往前
（2017.6.20.）

風景 No. 3

陳黎

畫面上看到的是童年小學
後門外幾棵小葉欖仁樹
樹葉是時間的腳步
做為一棵從初春到仲春
從仲春到春夏之交每日
在自己身上出境入境的樹
它從不問要出發去哪裡
風吹時左邊枝椏上一些片
鮮綠的樹葉輕輕晃動壓過
右邊枝椏上一些片樹葉
又被右邊枝椏上一些片
樹葉輕輕晃動壓過，一葉
一葉，像一夜夜他輕翻到
她身上又被輕翻上來的她
輕壓，……啊幾乎是出身
不高的它們一生所能抵的最
高點了……從不問要
出發去哪裡，兩三棵小葉
欖仁樹，沒穿過小夜衣
沒唱過小夜曲也許也不反
對被叫做小夜欖仁或懶人

波戈拉

碎紙機

時間帶來他的禮物——
我還不準備展信
字將夜晚塗黑，燈啓示了心
你和記憶一樣頑固
不準備承認

時間帶來祂的危物：是一只
褪色的錶不準備
明說之間停止的事物。
惟整排日子的利齒、還仁慈
戒斷想再次重讀的癮

那不應該隨便輕易淺薄就說出來的。

陸穎魚

掌
所佈滿的
究竟是
精緻的傷痕
危險的電纜
開岔的靈魂
還是其他更恐怖的秘密

掌
攤開時能夠握實天空嗎
天空的任性這麼寬闊
卻擁有無數星星的感性
但有時候
還是忍不住下雨

雨水落下苦的黑暗
下雨的人的傷勢，比晴天的人
更加像危險的電纜

我看過你的掌
那裡有許多斷了的
感性的靈魂

天黑了
雨正在填滿它的黑色
我把自己的掌握得緊緊的
以為這樣
那東西就不會斷
例如晶瑩剔透的風景
正前往約會的影子
那不應該隨便輕易淺薄就說出來的

命運

詩鬼

然靈

死了以後
我們冥冥中被葬在同一個山頭
夜裡我坐在自己的墳上
拉長好幾公里的脖子
偷看你在做甚麼

你還是在那裡寫詩
措手不及地藏著
親人剛燒來你寫過的情詩
和生前一樣
死都不肯承認愛我
明明手稿上藏著我的小名

午夜時分你托夢熟睡家人
烤肉時不要亂燒詩稿
不然夜夜被許多女粉絲纏住
根本沒空參加天堂舉辦的文學獎
窮得快被一竿子
披頭散髮、濃妝豔抹的貞子抓走
中秋節你無奈跑來找我小酌
抱怨家裡啊
又鬧鬼了

范家駿

sad world

如果今天有人說你很聰明
那就表示你其實並不是個天才
如果有人
說他喜歡你
就表示其實他並不愛你
如果有人說你是個
人那就代表基本上你並不算是個動物
這個世界像是一台洗衣機
你想要好好活下去
記得每次要把自己翻過來再洗
123DOREMI
我家的媽媽我家洗

如果今天你向某個人問路
那就表示這條路並不適合你
不適合自己的路也有不適合自己的風景
你隨手丟一些垃圾
想要引起哪陣迷路的風注意
今天星期三
sad day
起床還是只有自己像個猴子

像個猴子就代表你並不是個猴子
魔鬼一直藏在球鞋裡
出門前你蹲下來
即使不綁鞋帶
站起來還是會有點頭暈

有人不喜歡你
就表示他曾經愛過你
即使你
早已不是個動物
「愛我就好」
懷抱著這種想法
向下一個人問路
其實這是一條你常走的路
你對自己說：
沒關係
反正他答不出來
我也會好好地走下去

廖啟余

人子序跋

【Hidden Episode】我在近夏的臺南作教育班長

我在近夏的臺南作教育班長
洞五三洞摺了軍毯、著裝
踩過樹影，往新兵熟睡
一架一架金屬床架
夢我熟悉的，我不冷、
軍靴踩過我得叫新兵起床

我在近夏的臺南作教育班長
我兵科裝甲，教過刺槍
新兵犯錯我清楚：
一筆筆記下名字，未來
倘薙髮榮譽休假榮譽
鳳凰樹蔭我記下一切舊傷，

我在近夏的臺南作教育班長
錯開了生活，偶爾簡訊
給妳迎來月台的焚風——
就載走新兵的傷吧，鏽鐵軌
變形我不想可是堅強

對妳我就冷漠……這一年

我在近夏的臺南作教育班長
島嶼之花深處，節節電車
比莒光課恍惚等我
唱畢油汙戳記的番號，撥交
介壽路或光復橋我想妳
沉著，忍耐，我說，我們要一起回家

新的種籽沉睡小缽土中
等著發芽、等著雷雲帶雷光
鳳凰樹頂梢劈下
千萬柄刺刀的光等著
金屬床架拆卸了作花架
青青細藤，離別開出鮮豔的花

我從晚夏在臺南作教育班長
如今近夏，挪回軍械庫
一吋，一吋尚且有增幅的日光
將注入舊日金屬一切
細長與清潔，我點清鎖上。
我懂得黑暗是實體

一旦盛夏，姐姐，我們就一起回家。

【Hidden Prelude】阿達一族

姐姐她想笑
就笑了
嘿嘿兩排矯正器的牙齒

姐她吃帶皮甘蔗還有核桃
就吃
傷嘴倒强了胃，嘎吱嘎吱

姐不讀詩但逢人
總要人讀讀寫給她的
我的詩，「千萬柄刺刀的光……」
人家嫌靠杯好刺眼
她想原來，我也洗地洗窗

有恆，無知，作家事即最偉大的事
姐姐多了不起
姐姐，她寫了這一整本詩

時間有邊界嗎

劉曉頤

十二月流火豢養一頭青春期的鹿
跳躍瞬間，回歸幼年的水濱
白紗簾般，消弭時間的邊界
後現代的太陽
是輕悄悄的狐狸腹語

會做夢的動物都知道：
無人知曉的隱祕盛夏
鬱金香的身體為什麼自燃
哪一種天空襯景，令花剪魔術般停格
停格的秒數呢？

夜的脈博瞬間點亮誰的記憶
又迅速失焦？
黃雀飛向熟金色的檸檬
誘引的淚酸錯覺一種蛋蜜汁的稠
沿虛線拉回的百里香絨毯上
顳顎學步的水梨是一枚神祕的關鍵字：

一旦破解，凡傷逝者
都能計算出雨中杜鵑的圓周率

從圓心，徒步走到太陽的雌蕊
他們深信黑子現象有櫻桃果核堅硬的甜
故此，寧可徒步而拒絕翅膀

他們相信，鳥鳴博物館飛的都是時間
每個停頓都是微小的召魂
那傷逝的，隨流火而浮上嘴角
流質襯衫燃放一朵出岫的火焰

以肌膚錘測落日的精神重力
星星圓規呢，不妨視為放射性的虛線詞源
反正，他們習慣
把玻璃房搭建在黑色傷口上
內心珍藏的蛋殼
象徵性地散落於擺滿空椅子的堂廡

都布置好了，時間的默劇
滲出一滴淚，「演出是光與影的角力
謝幕是輝煌的落日，但演員都徒勞了」
唉，是誰還不肯抽離？存在乃是
完美無缺的但、是誰：

連綿斟下碎漣漪般的小圓洞
把架在炭盆上的黑版畫燙出

裂帛的聲響？

※「存在乃是完美無缺的」爲布列東語。

張心柔

不要在黃昏時離我遠去

——兼致凱道上的原民朋友，你們的革命是古老的，令人敬佩的。

不要在黃昏時離我遠去
那美麗隱含著巨大的哀淒
飛鳥歸巢，人們自勞動回返
舒適的房舍，餐桌上的交談
主婦小心翼翼經營的溫暖
兢兢業業的中產家庭
世界的良心與黑暗
——不，我一點也不羨慕
即便那裡有聰明的藝術家
風流倜儻，辯才無礙——
我知道我等的那人會從荒野上來
我將為他在星空下搭建一張床，一個家
為他唱一首歌，跳一支舞
給他全世界的大海

在葬禮上

曹馭博

烈日下，鳥群
圍著寧靜叫喊

鼓點從水面漸出
陰影蜷縮在燈罩底下

身旁長出灰黑的樹
蒼蠅在黑痣上頭膜拜
——靜靜看守
緊盯著水珠

圓形墜了下來
——聲音
是不動的太陽

陽光侵入棺木
撬出死亡

鼴鼠

楊智傑

我們已不在自身中途。四十歲
鷹架寂靜崩落，坑道內微弱的礦燈
靈魂裡
拋錨的天體

雨，是通往星空最後的捷徑……

遠洋船熄燈。過往的世界
不帶來一絲波紋
你仰頭看
看一生的日光粗暴、緩慢的流轉

未曾改變自己
晝短夜長的心。但沒有我們掘向自身時
打石聲仍規律，一生的期待與失落
仍然
燧石般靜靜轉動——

失明的鎖孔，改變著房內的風景
熄滅了夜燈
怕黑者

假裝擁抱已發生過

四十歲。所有的來路依序崩解
他篤定的回頭但不必後悔
像鼴鼠
深深明白了天空

社員簡介

社員簡介

黃智溶

文化大學美術系畢業、佛光大學樂活生命文化學系碩士。著有詩集《海棠研究報告》、《今夜，妳莫要踏入我的夢境》、《那個地方》。國中教師。

劉三變

本名劉清輝（1964—）。詩人、詞曲作家，代表作〈腳踏車〉。東吳大學中文系畢業。曾為「曼陀羅」詩社同仁。著有詩集《情屍與情詩》、《誘拐妳成一首詩》。手稿受國家圖書館典藏。

張繼琳

文化大學美術系畢業。曾獲林榮三文學獎、聯合報文學獎，時報文學獎、著有詩集《那段牧放的時光》、《角落》、《關於女鬼的詩》、《關於無敵鐵金剛的詩》、《午後》。國中教師。

曹尼

本名曹志田，東華大學藝術學碩士。著有詩集《越牆者》（2016年10月）。高中教師。

果果

本名張郁果，喜好文學、電影。著有詩集《如果果實被星光微波》。

一靈

謝易霖。另一筆名為阿里不答，政治大學教育學博士，中文、哲學雙輔修。得過些詩獎。曾任廣告、唱片文案，為漸老之樂迷。慈心華德福資深教師。著有《成語一千零一夜》系列。詩集籌備中。

甘子建

筆名天空魚。曾獲時報文學獎、林榮三文學獎……。東華大學創英所畢業。著有詩集《有座島》。國小教師。

柯蘿緹

宜蘭蘇澳人，清華中文系、東華創英所藝術碩士。足跡曾至菲律賓呂宋島、加拿大東西岸。演過電影、配過音，打過電鑽、當過搬運工，現為東莞鞋廠工人、台商壘球隊外野手，三酸甘油脂過高。著有詩集《無心之人》（唐山出版）。

楊書軒

宜蘭二結人。東海中文。東華創英所。著有雙詩集《鳥日子愉悅發聲》及《馬克白弟弟》。《心之谷》籌劃中仍在繼續行走、演講、教學。

詹明杰

台灣宜蘭人，1982 年生。彰化師大國文系畢業。曾獲第 13 屆磺溪文學獎新詩首獎及第 19 屆菊島文學獎新詩佳作。喜歡海釣跟看棒球，常常會回想以前事情而發呆很久，像是：國小流行過的閃電老鼠怎麼玩、宜中 1998 那年的聖誕舞會⋯⋯。

吳緯婷

字容泠，宜蘭人。師大國文系，倫敦大學 Goldsmiths 學院藝術行政與文化政策碩士。詩作散見各詩刊，著有散文集《行路女子》。現職藝術行政。

鍾宜芬

宜蘭蘇澳人，淡江歷史系、淡江中國語文研究所碩士。中學教師，讀史之外，偶爾寫詩。

隔岸觀詩：中國女力　歪仔歪詩刊 第十五期 2017

顧問：黃春明　零雨　楊澤　章建行　趙衛民

社長：黃智溶

主編：一靈

編輯：曹尼　楊書軒　詹明杰　鍾宜芬

設計：苗銀川

封面畫作：王萬春

社址：宜蘭縣羅東鎮復興路二段166號

http://www.facebook.com/WaiZiWai

出版：賣田出版

印刷：緯鋒印刷股份有限公司

初版：2017年12月

定價：250

ISBN：978-986-87950-6-8

隔岸觀詩：中國女力 歪仔歪詩 . 2017 / 一靈主編 . -- 初版 . -- 宜蘭縣羅東鎮 : 賣田 , 2017.12
240 面 ; 15X21 公分
ISBN 978-986-87950-6-8(平裝)

831.86 106022418